L'amour sans trêve

Barbara Cartland est une romancière anglaise dont la réputation n'est plus à faire.

Ses romans variés et passionnants mêlent avec bonheur aventures et amour.

Vous retrouverez tous les titres disponibles dans le catalogue que vous remettra gratuitement votre libraire.

Barbara Cartland

L'amour sans trêve

*Traduit de l'anglais
par Jean Micaeli*

Titre original :

HAUNTED

© Cartland Promotions, 1986
Pour la traduction française :
© Éditions de Fanval, 1988

NOTE DE L'AUTEUR

Au terme de quinze années de guerre contre les armées de Napoléon Bonaparte, bon nombre de ceux qui revinrent en Angleterre éprouvèrent — quelle que fût leur position sociale — plus de difficulté à se réadapter à la paix qu'ils n'en avaient eu à affronter la guerre.

Les propriétaires fonciers durent faire face à la misère des campagnes. Par suite de mauvaises récoltes, les fermiers étaient dans la gêne, et un grand nombre de banques rurales durent fermer leurs portes pour cause de faillite.

Dans le pays tout entier régnait un climat de mécontentement et d'inquiétude. A Londres, les élégants et les dandies de retour de l'armée retrouvèrent bien les plaisirs et la gaieté concentrés habituellement autour du prince régent, mais lui-même se faisait vieux, et la joie de vivre éclatante du début du siècle avait disparu.

1

1817

Le marquis d'Héroncourt observait les derniers de ses invités qui descendaient la longue volée de marches en pierre reliant la porte principale au terre-plein où stationnaient les voitures qui les ramèneraient à Londres.

Tous l'avaient remercié avec effusion de leur séjour enchanteur, et lady Isme Churton était revenue sur ses pas pour lui dire d'une voix douce que lui seul pouvait entendre :

— Je me réjouis déjà, très cher Drogo, de vous voir demain soir.

Le marquis sourit d'un air vague, et sans attendre sa réponse, lady Churton redescendit les marches en courant, avec la grâce qui l'avait à juste titre rendue célèbre, et s'engouffra dans la dernière voiture qui l'attendait.

Puis elle se pencha par la portière et agita sa main gantée. Ses yeux en amande et sa bouche provocante étaient mis en valeur par un chapeau à la dernière mode, sorte de calotte haute bordée de dentelle. Le marquis d'Héroncourt lui répondit d'un geste et, tandis que l'équipage s'éloignait, il se tourna vers Charles Toddington, le seul de ses hôtes qui ne fût pas parti.

— Dieu merci, c'est enfin terminé !

Un éclair de malice passa dans les yeux du major Toddington.

— Je ne me serais jamais douté de votre lassitude, Drogo.

— Ce séjour a duré bien trop longtemps ! affirma le marquis avec force. Plus jamais je n'inviterai quiconque à passer une semaine entière chez moi, et les charmes de ces dames ne changeront rien à ma décision !

Charles Toddington se mit à rire.

— J'avais bien trouvé votre optimisme excessif ! Comment diable imaginer que même la plus exquise de nos déesses pouvait rester aussi longtemps ?

Le marquis traversa le hall orné de statues de divinités antiques et d'une somptueuse cheminée de marbre spécialement sculptée pour ce lieu. Il pénétra dans une petite bibliothèque où seuls étaient admis ses amis intimes. Il se dirigea d'un pas résolu vers la fenêtre et resta un long moment à contempler le classicisme du jardin, comme s'il voyait pour la première fois ses haies de buis, sa fontaine et ses grands arbres si parfaitement taillés. Il parla enfin, et sa voix était dure :

— Une semaine passée en compagnie des beautés les plus réputées du meilleur monde, et d'hommes dont chacun reconnaît l'esprit et la drôlerie, et il me faut avouer que je me suis affreusement ennuyé ! C'est ridicule !

Charles Toddington s'assit dans un fauteuil et croisa les jambes.

— Je suis d'accord avec vous, Drogo, et la faute nous incombe manifestement plus qu'à eux. C'est pourquoi nous devrions essayer d'analyser ce qui ne va pas.

— Je peux vous dire ce qui ne va pas, rétorqua le marquis. C'est la monotonie des jours et l'indicible ennui qu'elle engendre : jamais rien d'exceptionnel, tout au plus la perte ou le gain d'une fortune aux cartes, ou l'apparition d'un nouveau visage dans Piccadilly, qui sera bien vite supplanté par un autre !

Charles Toddington renversa la tête en arrière et éclata de rire.

— Très poétique ! Pourtant, je dois reconnaître que je comprends très bien ce que vous voulez dire, car je ressens exactement la même chose !

— Vraiment ? s'étonna le marquis. Alors expliquez-moi pourquoi, aussi incroyable que cela paraisse, il me serait bien égal de ne plus jamais revoir ces gens qui viennent de nous quitter.

Charles eut une expression malicieuse.

— Vous feriez peut-être une exception pour Isme ?

Le marquis ne répondit pas : tous ses amis le savaient, il ne parlait jamais de ses affaires de cœur. Charles Toddington devina néanmoins les pensées de son ami et en resta confondu.

Comment le marquis pouvait-il s'être lassé si vite d'une femme dont la beauté incomparable avait fait l'unanimité dès son entrée dans le monde ? Aujourd'hui, après deux ans de veuvage, elle était dans la plénitude de sa beauté et tous les meilleurs partis de Londres la courtisaient.

En fait, le major avait eu la conviction que son ami le marquis mordait enfin à l'hameçon, et il avait même songé au genre de cadeau de mariage qui pourrait convenir...

Cependant, au cours des deux dernières journées de ce séjour trop long, il avait eu l'impression que le marquis devenait nerveux et que lady Isme exagérait ses tentatives de séduction.

Fille du duc de Dorset, elle avait fait, malgré sa beauté, un très mauvais mariage, et son père avait espéré un gendre plus distingué que ce baron hâbleur, sur lequel il était impossible de compter et dont l'état de fortune se révélait aussi fragile que ses amours.

Isme était bien plus jeune que lui, et il l'aurait sans aucun doute rendue très malheureuse s'il n'avait été tué à Waterloo, sortant ainsi fort opportunément de l'existence de sa femme.

Celle-ci n'avait pas fini de porter le deuil que déjà elle était fêtée et acclamée, et les cloches de Londres elles-mêmes semblaient glorifier son nom et sa beauté.

La première fois qu'elle vit le marquis d'Héroncourt, qui venait de quitter l'armée de Wellington pour retrouver la vie civile, elle sut qu'il était le mari dont elle avait toujours rêvé.

En outre, il correspondait parfaitement au gendre que son père aurait toujours désiré. Il avait dû la première fois se plier au choix de sa fille qui prônait, à cette époque, la prééminence de l'amour sur toute autre considération.

— J'entends dire que d'Héroncourt vous poursuit de ses assiduités, Isme, lui avait-il dit un mois plus tôt.

— Ce n'est pas un secret, papa !

— C'est la meilleure nouvelle que j'aie entendue depuis longtemps, répliqua le duc vivement. Saisissez votre chance tant qu'il en est encore temps, et ne gâchez pas votre vie une seconde fois.

Il n'était pas nécessaire que le duc s'expliquât davantage, car sa fille savait à quoi il faisait allusion : son premier mariage avait été un désastre, cela ne faisait aucun doute. Elle ne pouvait que remercier sa bonne étoile que Frederick fût tombé sur le champ de bataille.

Elle avait pourtant été si sûre, au comble du ravissement amoureux, qu'ils connaîtraient un bonheur parfait... ! Mais elle n'avait pas tardé à déchanter et à sombrer dans la désillusion la plus amère, celle que connaissent les très jeunes gens lorsqu'ils se trouvent confrontés pour la première fois à la brutalité de la vie réelle.

Frederick Churton réunissait tous les défauts nuisibles à la persistance du mariage. Il lui était impossible de résister à une jolie femme et de ne pas gaspiller de la façon la plus excessive le peu d'argent dont il disposait, sans le moindre souci du lendemain.

Il pariait de bien trop grosses sommes, buvait trop, et seuls les gens qui le connaissaient peu éprouvaient quelque agrément en sa compagnie et s'amusaient de son insatiable quête de plaisirs.

Sa lune de miel avec lady Isme n'avait pas encore pris fin qu'il flirtait déjà avec cent autres femmes.

La jeune fille découvrit bien vite que l'éloquence poétique dont il l'avait charmée lorsqu'il lui faisait la cour était insipide. En fait, elle s'aperçut qu'il avait tenu le même discours à des centaines d'autres avant elle et qu'il y aurait encore recours dans l'avenir.

« Comment ai-je pu être aussi sotte ? » se demandait lady Isme avec désespoir.

Quand elle apprit la mort de son mari, elle ne dissimula pas à son père que c'était pour elle une délivrance bienvenue.

— Vous aviez raison, papa, et je vous promets de ne plus jamais commettre semblable erreur, lui dit-elle.

De toute évidence, sa relation avec le marquis n'avait rien d'une erreur. Il était tout ce qu'elle attendait d'un mari sur le plan de la position sociale et de la fortune, et il dépassait en séduction tous les dandies qui gravitaient autour du prince régent.

« Nous ferons un couple parfait », se dit lady Isme, sachant que, sans être à l'abri de l'apparition d'une éventuelle rivale, elle était pour le moment la beauté incontestable et incontestée.

Elle était en effet si éblouissante qu'il semblait étonnant que le marquis s'en soit si vite désintéressé.

Tout en observant le marquis debout devant la cheminée, Charles Toddington songeait : il n'était pas surprenant que les femmes tombent dans ses bras avant même qu'il connaisse leur existence ou sache leur nom.

Il n'était pas seulement remarquable pour son physique : sa personnalité hors du commun, et l'indiscutable aura d'un chef qui émanait de lui ne pouvaient laisser personne indifférent.

Dans l'armée de Wellington, il avait été un officier des plus brillants, deux fois décoré pour sa bravoure alors qu'il eût mérité de l'être cent fois.

Les hommes qui servaient sous son commandement l'avaient adoré et se seraient jetés à la mer s'il le leur avait demandé.

Bien qu'il pût parfois être dur, voire implacable, lorsqu'il s'agissait d'atteindre un objectif qu'il s'était fixé, il avait néanmoins un sens rigoureux de la justice et pouvait témoigner d'une étonnante compassion, peu en accord avec ses autres qualités.

Charles rompit le silence :

— Le problème, Drogo, c'est que vous possédez tout, et que plus rien ne vous enthousiasme.

— Que voulez-vous dire — tout ? demanda le marquis d'une voix âpre.

— Eh bien, toutes vos qualités personnelles, votre physique, vos talents, sans oublier votre colossale fortune, tous vos biens : je doute que vous ayez jamais eu le temps de les recenser ! Enfin, en ce qui concerne les femmes, votre maudit charme les contraint toutes à tomber amoureuses de vous.

— Taisez-vous, Charles, vous m'écœurez ! s'exclama le marquis. Ce que vous dites n'a strictement rien à voir avec ce que j'éprouve en ce moment.

— Alors qu'est-ce qui ne va pas ? interrogea Charles avec simplicité.

— Là, je ne peux répondre ! répliqua le marquis. C'est la guerre qui me manque ! La tension me manque, l'excitation, la peur, la sensation de devoir être toujours sur le qui-vive pour qu'aucun boulet perdu ne tue inutilement cinq ou six personnes.

— C'est là un aspect de la guerre, dit Charles, mais vous semblez avoir oublié les nuits inconfortables passées à la belle étoile ou dans quelque ignoble baraque infestée de cafards, les jours sans nourriture et la nourriture immangeable que nous trouvions parfois, enfin le vin local qui était assez aigre pour nous empoisonner tous !

Le marquis se mit à rire.

— Votre peinture n'est pas moins vraie que la mienne, mais je persiste à dire que c'est la monotonie de la paix qui me pèse. C'est comme si, étouffant dans un lit trop douillet, j'aspirais à une douche froide pour me permettre de respirer à nouveau.

Comme Charles ne soufflait mot, le marquis ajouta au bout d'un moment :

— Vous êtes tout prêt à m'accuser d'ingratitude parce que, comme vous le dites, je suis si comblé de biens que je devrais être en permanence à genoux pour rendre grâce à Dieu. Mais malgré tous ces biens, je me sens à moitié mort, et il me manque de ne pas devoir lutter constamment pour rester vivant. C'est probablement absurde...

— Pour ma part, répliqua Charles Toddington, je préfère le métier de soldat en temps de paix. Certes, je n'aime guère le fourbissage ni l'astiquage, et rien ne m'ennuie plus que d'arpenter la cour d'une caserne, mais au moins j'ai un lit confortable où passer la nuit, et je ne suis pas contraint d'y dormir seul !

Voyant l'expression qui passa sur le visage de son ami, il se mit à rire.

— D'accord, Drogo, dit-il, je sais à quoi vous pensez ! Mais soyez honnête, vous savez aussi bien que moi que de retour à Londres, vous repartirez en chasse et serez de nouveau subjugué par deux yeux séduisants qui vous paraîtront différents de tous leurs prédécesseurs !

— Tout le problème est là ! s'exclama le marquis amèrement. Ils « semblent » différents de tous ceux que l'on a vus auparavant, jusqu'à ce qu'on les regarde une seconde fois. C'est alors que, consterné, on découvre qu'ils sont absolument semblables ! Les mêmes vieilles ruses, les mêmes vieilles minauderies, une même mimique des lèvres, une pression de la main, et hop, le tour est joué ! Où cette comédie mène-t-elle ?

— Au lit.

— Exactement ! acquiesça le marquis. On découvre alors avec désespoir qu'il n'y a rien de neuf, et on repart en chasse, à la recherche d'une nouvelle paire d'yeux qui soient différents.

— Seigneur, Drogo, vous semblez sérieusement déprimé ! Je puis seulement espérer que quelqu'un vous provoquera en duel, ou qu'à votre réveil, demain, vous apprendrez votre ruine totale ! Cela devrait expulser vos sinistres humeurs !

— Je suis sérieux, Charles, dit le marquis d'un ton de reproche.

Son ami se mit à rire :

— Bien trop sérieux pour moi ! Si vous êtes déprimé, je le suis aussi !

— Mais ne pouvons-nous rien faire pour y remédier ?

— Je suggère que nous prenions deux de vos chevaux les plus rapides et que nous galopions jusqu'à ce qu'hommes et chevaux tombent d'épuisement !

— Je suppose que c'est effectivement ce qu'il nous reste à faire, dit le marquis. Peut-être, après tout, eût-il été plus sage de demander à un ou deux de nos invités de rester un peu plus longtemps.

— Ils n'auraient certes pas demandé mieux ! répondit Charles. Moi pas. Je n'ai aucune envie de vous regarder réprimer des bâillements durant tout le dîner, comme vous l'avez fait hier soir lorsque Quentin racontait ses histoires les plus extravagantes.

— Je les connaissais déjà toutes par cœur !

— Moi aussi, maintenant que j'y pense, avoua Charles. Vous devez donc avoir raison, Drogo ! Il faut que nous nous trouvions un nouveau groupe d'amis dont les plaisanteries, les tours et les attraits seront inédits, du moins pour nous.

— Mais pour combien de temps ? demanda le marquis.

Charles s'extirpa de son fauteuil et étira les bras. Il était de la même taille que le marquis et du même âge. Ils se connaissaient depuis l'enfance, étaient devenus amis intimes à Eton et avaient rejoint les quartiers de la cavalerie le même jour.

Pour le marquis, Charles était le frère qu'il n'avait jamais eu et pour Charles, dont la fortune était plus que modeste, Drogo était le bienfaiteur qui lui offrait une vie de luxe, brillante et amusante.

Bien qu'il affectât de prendre les choses à la légère et de taquiner son ami, Charles était réellement préoccupé de le voir se lasser si vite de sa double existence de mondain et de propriétaire foncier. Le soin de ses immenses domaines aurait dû occuper son temps aussi bien que son esprit.

Malheureusement, l'exploitation en était si bien organisée, la gestion si excellente, qu'il ne restait plus grand-chose à faire.

Quant au « monde »... Bien que le régent recherchât sans cesse sa compagnie et qu'il n'y eût à Londres aucune porte qui ne lui fût grande ouverte, le marquis s'ennuyait encore plus vite en ville qu'à la campagne.

Au moins ici, dans la demeure de ses ancêtres, la plus splendide de toutes celles qu'il possédait, il avait ses chevaux, ses chiens, son propre champ de courses et une douzaine d'autres occupations pour tuer le temps.

Certes, Charles avait bien remarqué, depuis

un mois environ, l'agitation et le désabusement croissants du marquis, mais il n'avait pas saisi l'ampleur exacte de sa détresse morale.

Maintenant, se demandant ce qui pourrait bien mettre un peu de piquant dans une existence visiblement rongée par la monotonie et le train-train quotidien, il ne put que réitérer sa proposition de façon plus pressante :

— Allons, Drogo, faites seller vos meillèurs chevaux, il faut que nous fassions un peu d'exercice.

— Je suppose que c'est le palliatif à tous les maux ? dit le marquis amèrement. L'épuisement corporel empêche au moins de penser...

— Oh, pour l'amour du ciel ! dit Charles, vous savez aussi bien que moi que rien au monde ne peut vous empêcher de penser. J'essaie simplement de mettre fin à vos lamentations !

Le marquis se mit à rire.

— J'ai honte, Charles, car je sais votre but, maintenant. Que le diable vous emporte, vous avez toujours été un monstre de gratitude ! La moindre faveur vous comble !

— Je ne trouve pas que me permettre de séjourner à Héron soit une petite faveur, rétorqua Charles, et monter vos chevaux est un privilège pour lequel je me sens prêt à exprimer ma gratitude de la façon la plus volubile.

Le marquis tendit la main vers le cordon de la sonnette.

— Vous avez tout à fait raison, Charles. Nous allons galoper jusqu'à ce que nous soyons trop fatigués pour penser à quoi que ce soit sauf au plaisir d'un excellent dîner, puis nous remercierons Dieu de n'avoir personne à distraire en dehors de nous-mêmes.

« Il se sent certainement plus gai maintenant », pensa Charles. Il était à peu près sûr en effet qu'après avoir monté pendant plusieurs heures, le marquis retrouverait son état normal. Cet excès d'introspection ne lui ressemblait pas. Pourtant, Charles se rendait compte, non sans malaise, qu'il y avait du vrai dans les paroles de son ami : l'excitation de la guerre leur manquait à tous deux et ils éprouvaient une certaine difficulté à s'adapter à la monotonie tranquille des temps de paix.

Un serviteur entra.

— Deux chevaux pour le major et moi-même, ordonna le marquis. Que Groves nous selle les plus rapides de l'écurie !

— Très bien, monseigneur, répondit le serviteur, mais il y a une dame ici qui demande à voir Votre Seigneurie.

— Une dame ?

— Oui, monseigneur. Et elle est accompagnée d'un jeune monsieur.

Le marquis se rembrunit.

— Des visiteurs ! dit-il à Charles. Comme si nous avions la moindre envie d'être retenus en ce moment...

Puis se tournant vers le valet de pied :

— Qui est cette dame ? Vous a-t-elle dit son nom ?

— Non, monseigneur, elle a dit que vous ne la connaissiez pas, mais qu'il fallait qu'elle vous voie pour une affaire de la plus haute importance.

— Bien, donnez les ordres pour les chevaux et introduisez cette dame ! dit le marquis.

— Très bien, monseigneur.

Tandis que le serviteur refermait la porte, le marquis ajouta à l'intention de Charles :

— Je suppose que cette dame ne me rend visite que pour demander de l'argent pour l'église locale, se plaindre que mes vaches ont saccagé son jardin, ou raconter quelque histoire tout aussi palpitante.

— Peut-être aurez-vous une surprise ? dit Charles avec optimisme.

— Cela m'étonnerait fort, répondit le marquis. Nous avons laissé les surprises derrière nous en France, et je vous parie cinq souverains d'or que j'ai deviné juste et qu'elle vient en quémandeuse ou en plaignante.

— Très bien, je relève le défi ! s'exclama Charles. Je serais trop heureux de vous mettre pour une fois en défaut à si bon compte. Car si vous voulez savoir la vérité, votre infaillibilité m'agace sérieusement !

Le marquis partit d'un éclat de rire, ce qui lui arrivait très rarement. Au même moment, la porte s'ouvrit, et le valet de pied annonça :

— La dame qui veut voir monseigneur !

Lorsqu'elle entra dans la pièce, le marquis constata avec surprise qu'elle était très jeune et extrêmement jolie.

Son œil expérimenté nota que l'amazone qu'elle portait était quelque peu passée de mode et très usée. Mais, curieusement, l'habit rehaussait la fraîcheur de son visage, sa carnation translucide, ainsi que l'or de sa chevelure.

Tandis qu'elle avançait vers lui, le marquis prit conscience que sa beauté n'avait rien de la beauté conventionnelle, communément admirée à Londres sous le nom de « rose anglaise ». Il y avait en elle quelque chose de bien plus subtil, comme si l'une des déesses du hall d'entrée était descendue de son piédestal.

Un petit garçon de dix ou onze ans se tenait à ses côtés. Lui aussi était très beau ; il avait des traits réguliers, et sa ressemblance avec la jeune fille suggéra au marquis qu'ils étaient probablement frère et sœur.

— Bonjour ! Je suis le marquis d'Héroncourt, comme vous le savez, je présume. A qui ai-je l'honneur ? Vous n'avez pas dit votre nom à mes serviteurs.

— Je ne l'ai pas donné, monseigneur, répondit la jeune fille d'une voix douce et musicale, car mon grand-père s'est trouvé dans l'impossibilité de vous rendre visite, et vous ne nous connaissez pas. Mais nous sommes en fait vos voisins, et je m'appelle Mimosa Field.

Il y eut une pause, tandis que le marquis réfléchissait.

— Votre grand-père est le comte de Petersfield, non ?

— Il est mort, monseigneur.

— Je suis désolé. Je l'ignorais.

— Il n'y a pas de raisons pour que vous le sachiez, même si nous habitons le même comté. Mon grand-père a été malade durant quelques années, ce qui explique que nous n'avons pu vous souhaiter la bienvenue ni vous recevoir à votre retour de la guerre.

— Je vous en prie, asseyez-vous, invita le marquis, et dites-moi de quelle façon je puis vous être utile. Mais, d'abord, laissez-moi vous présenter mon ami le major Charles Toddington.

Celui-ci s'inclina, et Mimosa fit une courte révérence avant de dire, la main posée sur l'épaule du petit garçon qui l'accompagnait :

— Voici mon frère, James, qui est, depuis la mort de grand-père, le quatrième comte du nom.

Elle prononça ces derniers mots comme s'ils avaient une connotation particulière.

Puis elle s'installa dans le fauteuil que lui indiquait le marquis tandis que son frère s'asseyait sur une chaise à côté d'elle. Le marquis s'aperçut que le regard de l'enfant posé sur lui était rempli d'admiration : il avait dû entendre parler de ses chevaux et espérait, avant de partir, avoir la possibilité de visiter ses écuries.

— Alors, que puis-je faire pour vous, lady Mimosa ? demanda-t-il tandis que Charles prenait également un siège, laissant son ami seul debout.

Il y eut une minute de silence, comme si elle cherchait ses mots, puis, d'une petite voix hésitante, elle dit :

— Il doit vous sembler très... étrange que je sois... venue vers vous, monseigneur, alors que nous ne nous... connaissons pas... et que j'aurais dû demander aide et conseil à d'autres personnes... habitant le comté... que je connais depuis mon enfance... Mais j'avais le sentiment qu'elles... ne comprendraient pas.

— Permettez-moi de vous assurer que je serai ravi de vous être d'une aide quelconque, si cela est en mon pouvoir, dit le marquis.

— Je vous crois volontiers, répondit lady Mimosa, parce que vous avez... fait la guerre et affronté le danger... et que vous comprendrez... tandis que... d'autres ne le pourraient pas.

Le marquis eut l'air perplexe.

— Vous devriez m'expliquer ce que je suis censé comprendre.

Il lui sourit d'une façon que la plupart des femmes trouvaient irrésistible. S'il la devinait à la fois timide et nerveuse, il se demandait aussi ce qu'elle pouvait bien attendre de lui.

En y réfléchissant, il se souvint que les terres du comte de Petersfield, peu étendues, étaient situées au nord des siennes.

S'il avait bonne mémoire, son père avait toujours dit que le comte exploitait mal sa terre parce qu'il se cramponnait aux vieilles méthodes et aux vieux principes et refusait d'évoluer avec son temps. Néanmoins, la plupart des fermes ayant été prospères durant la guerre, il était peu probable que le comte, à l'instar des autres propriétaires terriens, n'eût pas réussi à produire les vivres dont tous avaient un si urgent besoin.

La situation était aujourd'hui différente du fait des approvisionnements à bas prix déversés par le continent, et les fermiers éprouvaient beaucoup de difficultés à joindre les deux bouts.

Le marquis ne pouvait toutefois supposer

que tel était le sujet dont Mimosa souhaitait l'entretenir et, comme pour souligner la nécessité d'explications précises, il répéta :

— Je vous en prie, lady Mimosa, expliquez-moi exactement ce que vous attendez de moi.

Elle baissa les yeux, et ses longs cils se détachèrent sur la pâleur de sa peau.

— J'ai si peur que... vous... vous vous moquiez de moi et me traitiez... d'hystérique... quand je vous aurai dit... la raison de ma venue. C'est seulement... parce que je suis désespérée... que je... me suis hasardée à venir vous voir.

Elle avait peur. Sa voix tremblait. Le marquis voulut la mettre à l'aise :

— Avant que nous ne poursuivions cette conversation, puis-je vous offrir un petit rafraîchissement ? Un verre de vin, un peu de champagne, si vous voulez. Et je suis certain que votre frère apprécierait de la limonade.

A l'éclair de plaisir qui passa dans les yeux de l'enfant, il ne fit aucun doute que la proposition était la bienvenue. Le marquis se dirigea alors vers le plateau aux liqueurs posé dans un angle de la pièce.

Il remplit un gobelet de limonade et, sans attendre la réponse de lady Mimosa, lui versa une demi-coupe de champagne.

Il apporta les boissons à l'endroit où la jeune fille était assise, immobile, le regard fixé sur lui. Sans qu'elle eût besoin de le répéter, il comprit qu'elle appréhendait les réactions que pourrait provoquer son récit.

L'étrangeté de son comportement commençait à inspirer au marquis une sorte de curiosité. Que pouvait-elle bien avoir à lui dire ?

— Buvez cela, dit-il en lui remettant la coupe de champagne. J'ai l'impression que la décision de venir me voir vous a fait escamoter votre déjeuner.

Ses paupières palpitèrent et ses joues se colorèrent un peu.

— Oui... c'est vrai... mais je ne... comprends pas comment vous pouvez... le savoir.

— Je sais aussi, poursuivit tranquillement le marquis, que quelque chose vous angoisse, mais, je vous l'ai déjà dit, je suis prêt à vous aider si c'est humainement possible. Je ne puis croire aux problèmes insolubles, dans la mesure où on applique son intelligence à les résoudre.

— C'est ce que j'ai... essayé de faire..., dit lady Mimosa, mais j'ai si peur que vous ne me croyiez folle et que vous n'imaginiez... des choses qui sont tout à fait fausses !

Le marquis s'aperçut que la main qui tenait la coupe de champagne tremblait. Il jeta un regard vers Charles Toddington.

— Mon ami le major Toddington vous dira que j'avais la réputation, lorsque je servais sous Wellington, de percevoir intuitivement la vérité ou le mensonge.

Il fit une pause avant d'ajouter :

— Comme vous pouvez l'imaginer, à la guerre nous étions confrontés à des milliers de rumeurs, d'informations douteuses, et souvent à des mensonges simplement destinés à semer le trouble et la confusion.

Un sourire se dessina sur ses lèvres.

— Sans me vanter, lorsque ce genre de choses arrivait, le duc de Wellington m'envoyait chercher pour me demander si je ferais confiance à l'informateur ou quel crédit j'accorderais à ses dires. Souvent je devais prendre le risque, ou plutôt avoir l'audace, de chercher à convaincre des officiers plus âgés et plus expérimentés que moi, qu'il s'agissait là de sornettes.

Lady Mimosa retenait son souffle, et il pensa l'avoir rassurée.

— Je vous fais le serment, dit-elle, que ce que je vais vous raconter n'est pas... imaginaire. Et même qu'il est vrai... totalement vrai que... que mon frère est en... danger... qu'on veut l'assassiner !

Le marquis et Charles Toddington la regardèrent tous deux avec ahurissement.

— L'assassiner ? demanda le marquis après un silence. Que voulez-vous dire exactement ?

— Cela me terrifie aussi de... prononcer ce... mot, dit lady Mimosa tristement, mais il y a un homme... à qui la mort de mon frère profiterait... car il hériterait de son titre... Bref, pour lui, la seule façon de pouvoir devenir le cinquième comte de Petersfield... serait que Jimmy... meure !

En prononçant ces derniers mots, sa voix se brisa et ses yeux s'emplirent de larmes. Elle leva vers le marquis un regard pitoyable.

— Je vous en supplie... de grâce... le sauverez-vous ? Je ne puis... Je ne vois personne d'autre que vous... susceptible... de nous aider.

Le marquis prit un fauteuil à côté de celui de lady Mimosa et dit doucement :

— Si maintenant vous commenciez par le commencement et me racontiez exactement ce qui se passe et la raison pour laquelle vous soupçonnez que la vie de votre frère est en danger ?

Lady Mimosa prit une longue inspiration comme si elle voulait se forcer au calme, mais ses mains tremblaient lorsqu'elle reposa la coupe de champagne, à peine entamée, sur une petite table à côté de son siège.

— Mon grand-père avait un neveu, Norton Field, cousin germain de mon père, qui a toujours convoité la maison et le titre. Étant donné que grand-père n'avait qu'un fils unique, Norton Field est désormais l'héritier présomptif de... mon frère.

Le marquis l'écoutait attentivement.

— Pour une raison quelconque, poursuivit-elle, notre cousin Norton ne partit pas pour la guerre et, peu après avoir quitté Oxford, il accumula à Londres des dettes si considérables que son père supplia grand-père de les payer, disant que lui-même n'avait pas les moyens de le faire !

— Et votre grand-père a payé ? demanda le marquis.

— Il y répugnait. Il disait que Norton était seul responsable de ses extravagantes dépenses. Il arguait aussi du fait que son argent était nécessaire pour subvenir aux besoins de la demeure familiale et des terres qui, le moment venu, reviendraient à Jimmy.

— Avez-vous eu beaucoup d'occasions de voir votre cousin ? demanda le marquis.

— Il vint seulement nous voir à l'époque où il voulait obtenir de l'argent. Mais grand-père finit par le lui refuser, au bout d'un certain temps. Puis, une nuit, il y eut un cambriolage dans la maison et, bien que je ne puisse le prouver, je suis certaine que c'est notre cousin Norton qui a volé une partie de l'argenterie et un ou deux petits tableaux. Nous avons appris plus tard que tout cela avait été vendu, mais on n'a jamais trouvé le coupable.

Elle fit une pause.

— Poursuivez..., insista le marquis, que cette histoire passionnait.

— Lorsque grand-père est mort, tout récemment, cousin Norton, que je n'avais pas vu depuis longtemps, a assisté à l'enterrement. Après, je l'ai découvert en train de fureter dans toute la maison : il y examinait certaines pièces de grande valeur, un peu comme s'il tentait de les évaluer.

» Tout le monde étant parti, "Cousin Norton, ai-je dit, je suis très fatiguée, vous comprendrez que je désire me coucher."

» — Ainsi vous voulez que je parte, vous voulez me mettre à la porte comme mon oncle l'a déjà fait ? répondit-il. Eh bien, vous n'y parviendrez pas car j'ai l'intention de vivre ici un jour. Comment pourrait-on compter sur un enfant de l'âge de James pour s'occuper de tout et être le chef d'une famille aussi illustre que la nôtre !

» — Jimmy est jeune, mais il grandira, ai-je répliqué. Grand-père a toujours pensé qu'il avait les qualités nécessaires et qu'il marcherait sur ses traces de façon très convenable.

» — Grand-père disait beaucoup de sottises ! s'est esclaffé Norton grossièrement. Le comte de Petersfield devrait être un homme d'au moins mon âge, un homme du monde, un homme qui sache comment maintenir la dignité d'une vieille famille et conserver sa place à la cour. »

Lady Mimosa eut un léger frisson.

— Il y avait quelque chose de... déplaisant dans sa façon de parler... quelque chose qui m'a fait soupçonner qu'il désirait se débarrasser de Jimmy et qu'il n'hésiterait pas à le faire, s'il avait une chance d'y parvenir !

— Je puis comprendre cette impression, dit le marquis d'un ton apaisant, mais y a-t-il la moindre preuve qu'il ait eu une intention criminelle à l'encontre de votre frère ?

Lady Mimosa resta silencieuse, comme si elle priait dans l'espoir de parvenir à le persuader. Puis elle reprit :

— Cousin Norton s'en alla et, depuis son départ, des faits très étranges ont eu lieu.

— Quelle sorte de faits ? demanda le marquis d'une voix incisive.

— D'abord, une énorme pierre est tombée du toit, manquant Jimmy de peu, au moment où il s'apprêtait à monter un cheval qu'on avait sellé pour lui. Il n'y avait aucune raison pour que la pierre se détachât si soudainement.

— Elle m'a manqué de quelques centimètres

à peine, intervint Jimmy de façon inattendue. Si je n'étais pas retourné en arrière pour ramasser ma cravache, elle me serait tombée sur la tête et m'aurait tué !

Lady Mimosa émit un son qui ressemblait à un sanglot et étendit la main comme pour protéger son frère.

— Jimmy et moi suivons toujours le même parcours à travers bois jusqu'à un plateau découvert où nous pouvons laisser galoper nos chevaux. Jimmy est habituellement devant. Mais, hier matin, il s'est réveillé tard et il est descendu prendre son petit déjeuner juste au moment où je terminais le mien.

» "Il n'y a pas de raison de te presser, ai-je dit. J'irai doucement, tu me rattraperas. Mais promets-moi que tu finiras ton petit déjeuner."

» Il promit et je sortis. Mon cheval étant nerveux, je le menais lentement à travers le parc jusqu'au bois, sans penser à rien de particulier, sauf au soleil qui perçait le feuillage et à la beauté des lieux, quand j'aperçus un lapin qui courait devant moi le long du sentier, assez plat à cet endroit. C'est alors qu'à ma stupéfaction je le vis brusquement faire un très haut bond en l'air. On aurait dit un chien plus qu'un lapin ! C'était si étrange que je m'approchai pour voir ce qui avait pu provoquer un bond si extraordinaire... On avait... creusé une énorme tranchée à cet endroit. »

Une sorte de gémissement jaillit de sa gorge.

— Grâce à Dieu, j'étais assez suffoquée pour descendre de cheval et faire à pied les quelques pas qui m'en séparaient.

Ses yeux étaient écarquillés et pleins d'effroi en repensant à la scène.

— C'était un piège à homme assez profond qui avait été creusé au-dessous du sentier. Si Jimmy était arrivé trop rapidement à cheval, ainsi qu'il le fait toujours dans sa hâte de rejoindre le plateau où il nous est possible de galoper, sa monture, en tombant dans le piège, l'aurait projeté au loin, et il se serait sûrement rompu le cou !

Elle fit une pause avant d'ajouter :

— J'ai eu si peur, à ce moment-là, que j'ai décidé de demander de l'aide. Et puis, la nuit dernière, quelque chose m'a réveillée.

— Qu'était-ce ? demanda le marquis.

— C'était un bruit à peine perceptible, mais comme il différait des cris d'une chauve-souris ou du glapissement d'un renard dans les bois, je me suis réveillée.

— Et alors ? demanda le marquis.

— Quelqu'un était sur le point de pénétrer dans la maison. La nuit était obscure, sans lune, mais les étoiles brillaient, et quand je me penchai par la fenêtre, je pus distinguer un homme... juste sa silhouette... qui passait par une fenêtre qu'il avait réussi à déverrouiller. J'étais terrifiée et je me demandais qui ce pouvait être et ce qu'il venait faire dans la maison. Il n'y avait personne que je pusse appeler au secours. Les domestiques sont tous d'un certain âge et dorment dans une aile distincte de celle que j'habite avec Jimmy.

— Alors, qu'avez-vous fait ? demanda le marquis.

— Je me suis glissée jusqu'à la chambre de Jimmy et j'ai fermé la porte à clef. Il dormait à poings fermés et n'a pas fait un geste. Je suis restée aux aguets derrière la porte close, tandis que quelqu'un déambulait avec beaucoup de précautions le long du passage extérieur, faisant si peu de bruit que, malgré toute mon attention, je l'entendais à peine.

— Que s'est-il passé alors ?

— J'ai vu la poignée de la porte tourner, vainement, puisque j'avais, heureusement, poussé le verrou. Alors... alors, l'autre... quel qu'il fût... a renoncé... et il est reparti...

Lady Mimosa se tut un instant, puis, d'un geste des mains à la fois implorant et pathétique, elle supplia, la voix vibrante de peur :

— Aidez-moi... Je vous en conjure, aidez-moi... Je ne sais que faire... Que puis-je donc faire ?

2

Tout au long du récit de lady Mimosa, le marquis l'avait regardée fixement d'un air presque incrédule : quel crédit accorder à des propos pareils ? Et pourtant, quand elle eut lancé son appel au secours, il se fit dans l'esprit du marquis un déclic qui le décida à passer à l'action et à prendre la situation en main. Charles Toddington, qui l'observait, songea avec amusement que le marquis, tout en perdant son pari, avait retrouvé son énergie, cette énergie étonnante qu'au cours de la guerre chaque nouveau défi de l'ennemi stimulait et que le danger permanent n'avait jamais éteinte, bien au contraire.

— Parlez-moi de votre cousin, dit le marquis avec douceur. Qui est-il ? Quel genre d'homme est-ce ?

— Comme je vous l'ai dit, répondit Mimosa, c'est le cousin germain de mon père : celui-ci a été tué voilà sept ans sur le continent. Norton a un an de moins que lui.

Le marquis se souvint alors vaguement d'avoir entendu dire qu'un voisin, le vicomte Field, fils unique du comte de Petersfield, avait péri au cours d'une bataille.

— Dans quel régiment servait votre père ? demanda-t-il.

— Dans les grenadiers, répondit Mimosa. Autant que je sache, il s'était battu comme un tigre à Torres Vedras.

— Je suis désolé que vous l'ayez perdu, dit le marquis.

— Ma mère ne s'en est jamais remise, poursuivit Mimosa. Elle abandonna la maison que nous occupions sur le domaine, et nous allâmes tous vivre dans celle de grand-père. Mais maman ne fut plus jamais la même ; elle est morte voilà trois ans. Le chagrin l'a littéralement brisée.

L'émotion de Mimosa était si perceptible, en dépit de sa retenue, que pendant un moment, le silence s'installa dans la pièce.

Le marquis reprit avec gentillesse :

— Vous me parliez de votre cousin.

— Oui... bien sûr. Mais je crains de me répéter un peu... Au lieu de s'engager, il passa tout le temps de la guerre à Londres. Grand-père avait honte de ce qu'il considérait comme une lâcheté. Il était de surcroît exaspéré par ses demandes incessantes d'argent... et dans quels termes!... de quelle façon...!

— Je l'ai souvent croisé au *White's,* glissa Charles Toddington.

— Vous en êtes sûr, Charles? Alors, je devrais me souvenir de lui?

— J'en serais surpris... Pas vraiment votre genre, répondit Charles. C'est un individu d'aspect assez déplaisant, d'une élégance tapageuse, une sorte de dandy constamment acoquiné avec les gros buveurs, enfin, vous savez! de ces gens grossiers et bruyants qui font toujours des histoires aux tables de jeu.

Le marquis fit une moue fort éloquente.

— Je commence à comprendre les sentiments de votre grand-père, dit-il à Mimosa. Un neveu de cet acabit...

— Si mon père vivait encore, il vous aurait expliqué mieux que je ne puis le faire la personnalité de cousin Norton. Je me souviens cependant qu'il le disait extrêmement rancunier.

— Qu'entendait-il par là?

— Si je me rappelle bien, répondit Mimosa, lors de son séjour à Eton, Norton s'attendait à être choisi comme rameur pour défendre les couleurs de son collège. A son grand dam, il n'en fut rien. Alors, à la faveur de la nuit, il perça le fond du bateau, puis reboucha le trou avec une substance qui se dissout au contact de l'eau. Aussitôt lancé, le bateau coula. Heureusement, l'incident eut lieu dans une eau peu profonde et il n'y eut pas de noyé.

Le marquis la dévisagea de nouveau comme s'il avait du mal à la croire.

— Quelqu'un l'a-t-il su ? N'a-t-il pas été puni ?

Mimosa secoua la tête.

— Non, mais papa le savait, et il disait que cousin Norton, tout fier de s'en être tiré sans dommage, se vantait constamment de son habileté en cette circonstance et de la façon dont il s'était vengé de ceux qui l'avaient empêché de faire partie de l'équipe.

— S'il est capable de ce genre d'actes, dit le marquis ironiquement, votre récit ne me paraît plus invraisemblable du tout !

— J'avais peur que vous ne me croyiez pas, dit Mimosa, mais la bravoure dont vous avez fait preuve et les succès que vous avez remportés contre les Français m'ont conduite à penser que vous étiez le seul homme capable de combattre notre ignoble cousin.

En écoutant ce beau discours, Charles Toddington ne put s'empêcher de penser, non sans amusement, que son ami avait reçu beaucoup de compliments au cours de sa vie, mais aucun qui pût le flatter davantage.

Le marquis, qui avait écouté avec la plus vive attention, ne releva pas l'éloge et se contenta d'insister :

— Dites-m'en davantage.

Elle eut un geste d'impuissance.

— Que puis-je vous raconter d'autre ? J'ai très peu vu cousin Norton. En fait, je l'avais évité jusqu'aux obsèques de grand-père... et ce jour-là... franchement... il m'a fait peur.

— Vous devez essayer de combattre ce sentiment, dit le marquis.

— Comment pourrais-je y arriver ? s'écria-t-elle. Jimmy est si jeune ! Si je suis venue vous voir, c'est que nos parents du voisinage, même s'ils me croyaient, ne voudraient jamais se trouver mêlés à ce genre de... désagréments...

— Cela, je peux le comprendre ! dit le marquis avec douceur. Maintenant, il faut que nous décidions de ce qu'il convient de faire pour vous aider tous deux.

Jimmy s'écria aussitôt, en reposant son verre vide :

— Je ne veux pas mourir, je veux être soldat comme papa.

— Je suis certain que tel eût été le vœu de votre père, dit le marquis, mais il aurait également souhaité que vous soyez très courageux et que vous empêchiez votre sœur de se faire trop de souci.

— Mais je n'ai pas peur, moi ! fanfaronna Jimmy.

Puis, comme son regard croisait celui du marquis, il ajouta :

— Bon, enfin, juste un petit peu, depuis le jour où la pierre du toit est tombée si près de moi.

— Voilà une chose qui ne doit pas se reproduire, dit le marquis. Je suggère, lady Mimosa, que vous et votre frère veniez séjourner ici, le temps au moins de dresser nos batteries.

Mimosa ouvrit des yeux ronds sous l'effet de la surprise, et balbutia :

— Vous... voulez vraiment dire que nous pourrions... rester auprès de vous ?

— A mon avis, ce serait prendre un risque inutile que de continuer d'habiter dans votre maison, puisque vous me dites que vous et Jimmy y vivez seuls.

Elle répondit d'un air vaguement embarrassé :

— Je sais bien qu'à la mort de grand-père j'aurais dû demander à quelqu'un de venir vivre avec nous, mais personne ne me semblait convenir. Et qui d'ailleurs l'aurait fait volontiers ? Ensuite, lorsque les choses ont pris le tour que vous savez, j'ai... je crois que j'ai un peu perdu la tête... j'étais trop inquiète... j'étais obsédée...

— Bien sûr, dit le marquis d'un ton apaisant. Mais selon moi, vous devriez maintenant envoyer une voiture chercher vos affaires personnelles. Je présume que si vous indiquez ce qui vous est nécessaire, une femme de chambre pourra s'en charger à votre place ?

— Naturellement, acquiesça lady Mimosa.

— Alors pourquoi ne pas vous asseoir tout de suite à ce bureau, suggéra le marquis, pour écrire un mot à l'un de vos serviteurs, tandis que je donne les ordres nécessaires pour qu'une voiture aille chercher les affaires que vous aurez demandées. Mon valet s'assurera sur place que rien d'important n'a été oublié.

— Vous êtes très bon, murmura Mimosa.

— Et si efficace ! ajouta Charles avec un sourire. Vous allez en fait découvrir, lady Mimosa, que le marquis est au mieux de sa forme dès qu'il doit organiser une campagne militaire, et c'est précisément ce que vous lui offrez en ce moment !

— Je... l'espère, répondit la jeune fille avec ferveur. Cependant, monseigneur, nous ne voudrions pas, mon frère et moi, vous encombrer ou vous ennuyer le moins du monde. En venant ici, je n'avais jamais envisagé de vous... demander l'hospitalité... ni de l'accepter !

— Écoutez... répliqua le marquis. D'après votre récit, nous sommes obligés de prendre toutes les précautions possibles pour assurer la sécurité de Jimmy et éviter que ne se renouvellent les attentats qui menacent son existence.

— Comment... comment vous remercierai-je jamais assez, de votre bonté ? balbutia Mimosa. Je craignais tant que vous ne m'accusiez... d'exagérer la situation ! Oh, j'en avais si peur !

Le marquis se mit à rire.

— Allons, allons, quelle que soit la gravité des événements, nous devons essayer de conserver notre sens de l'humour !

— Si je dois passer quelque temps chez vous, monseigneur, dit Jimmy, qui manifestement suivait le cours de ses propres réflexions sans trop écouter ce qui se disait, pourrai-je monter vos chevaux ?

— Jimmy ! s'exclama Mimosa avant que le marquis ait pu répondre, tu ne dois pas demander des choses pareilles !

— Mais il a les meilleurs chevaux de tout

le pays! protesta Jimmy. Tu me l'as dit toi-même!

Mimosa regarda le marquis d'un air confus.

— Je suis désolée, dit-elle, mais Jimmy a la passion des chevaux, et grand-père a été si longtemps malade que ceux de la maison sont devenus vieux, et nous n'avions pas l'autorité nécessaire pour en acheter d'autres ou élever des poulains...

Le marquis, s'apercevant de son embarras, dit afin de la mettre à l'aise:

— Je puis vous assurer, lady Mimosa, qu'étant seuls ici, le major et moi-même, nous ne saurions monter tous les chevaux de mes écuries. Aussi serons-nous ravis de votre collaboration à tous deux pour leur donner un peu d'exercice. Ils n'en prennent pas assez.

Voyant le regard de Mimosa s'éclairer, il devina qu'elle était tout aussi excitée que son frère par cette perspective. Jimmy, quant à lui, s'exclama d'une voix vibrante:

— Je veux le plus rapide, le plus fougueux! C'est si frustrant de se traîner quand on a envie d'aller vite!

Charles éclata de rire:

— D'accord avec vous, jeune homme! Toutefois, nous n'aimerions pas vous voir avec la clavicule brisée ou une jambe fracturée au moment précis où nous avons à livrer bataille en votre nom!

Jimmy bondit d'enthousiasme:

— C'est ce que vous allez faire?

— Il semble que nous n'ayons pas le choix, dit le marquis d'un ton ironique. J'espère,

Charles, que vous avez quelques idées quant à la façon dont nous allons attaquer le problème. Dans l'état actuel des choses, la principale difficulté est d'amener l'ennemi à se découvrir.

Les yeux des deux hommes exprimaient la même certitude : une fois Norton Field au courant de l'intervention du marquis d'Héroncourt, il se tiendrait sur ses gardes.

Il était possible qu'il ne fît pour l'instant aucune autre tentative pour éliminer le petit garçon dont l'existence l'empêchait d'accéder au titre de comte. Il attendrait probablement que l'émotion des derniers jours fût retombée et qu'une fausse impression de sécurité rendît les choses plus aisées.

— Je vois à quoi vous pensez, Charles, murmura le marquis, nous sommes tout à fait d'accord là-dessus.

Après une brève pause, il s'exclama :

— J'ai une idée !

— Laquelle ? demanda Charles Toddington, tandis que Mimosa, qui avait entamé la rédaction d'un billet, levait vers le marquis un regard interrogateur.

— Maintenant que j'y réfléchis, poursuivit-il, il nous faut une raison plausible pour inviter lady Mimosa et Jimmy à séjourner ici. Si Norton Field pense qu'ils sont venus y chercher refuge, il attendra tranquillement qu'ils se lassent et que, nul autre incident ne s'étant produit, ils retournent chez eux.

— Je suis bien de votre avis, répondit Charles, mais que faire alors ? Quelle est votre idée ?

Le marquis, sans lui répondre, regarda Jimmy à qui il dit doucement :

— Écoutez-moi, jeune homme, ceci est très sérieux et vous concerne. Comme je viens de le dire, nous avons besoin d'un prétexte pour vous garder ici, vous et votre sœur. Je vais donc laisser entendre que vous restez chez moi parce que vous ne vous sentez pas assez bien pour rentrer chez vous. Voilà ce que nous devons faire croire à tout le monde.

Il y eut un silence, puis Jimmy demanda :

— Qu'attendez-vous de moi, monseigneur ?

— Je propose que nous partions tous faire une promenade à cheval, dit le marquis. Lorsque vous vous serez bien amusé à galoper sur une monture qui, je vous le promets, sera extrêmement fougueuse, nous reviendrons, mais vous serez étendu en travers de ma selle, et c'est le major Toddington qui conduira votre bête.

Jimmy eut une expression si intriguée que le marquis crut devoir s'expliquer davantage :

— Vous aurez fait une chute. Elle ne sera pas grave, mais vous souffrirez d'une légère commotion. Savez-vous ce que cela signifie ?

— Bien sûr ! répondit Jimmy. L'an dernier, je suis tombé d'un arbre alors que j'en avais presque atteint le sommet. Quand j'ai heurté le sol, j'ai vu des étoiles et ensuite j'ai eu de terribles maux de tête.

— Parfait ! s'écria le marquis. Mais il va falloir vous montrer très malin. Lorsque je vous ramènerai après notre promenade, vous devrez feindre une semi-inconscience, votre tête vous fera énormément souffrir, et je dirai qu'il est impossible de vous ramener chez vous avant que vous ayez vu un médecin.

Le marquis se tourna vers Mimosa qui écoutait avidement.

— Déchirez votre lettre et faites-en une nouvelle où vous assurerez que Jimmy ayant fait une chute de cheval, vous êtes dans l'obligation de rester ici cette nuit, peut-être même plus longtemps, en tout cas jusqu'à ce que votre frère aille mieux. Naturellement, réclamez aussi les effets dont vous avez besoin. La voiture vous les rapportera un peu plus tard dans la soirée.

— Cela me paraît très astucieux, en effet, murmura-t-elle; puis, poussant un petit cri: Mais vous ne pensez quand même pas que... cousin Norton tentera de faire du mal à Jimmy pendant... qu'il est ici?

— S'il essaie, nous serons prêts à l'accueillir, dit le marquis.

Il jeta un regard de connivence à Charles Toddington: tous deux espéraient en fait cette imprudence du criminel. Il serait plus facile en effet de le capturer là que nulle part ailleurs.

— Je vais maintenant faire seller les chevaux. Pendant une heure, Jimmy, vous allez pouvoir réellement vous amuser. Après cela, il vous faudra nous prouver que vous n'êtes pas seulement un bon cavalier, mais aussi un excellent comédien.

— J'essaierai, monseigneur.

— Sans le moindre faux pas?

— Sans le moindre faux pas, promit Jimmy bravement.

— La seule personne en dehors de nous-mêmes qui saura que vous jouez un rôle sera mon valet. Nous lui confierons la responsabilité de vous soigner, car comme il était avec moi pendant la guerre, c'est un spécialiste éminent en matière de blessures et de lésions.

— Ce sera formidable d'être ici, dit Jimmy, mais quelle barbe de devoir rester au lit !

— Cela ne durera pas longtemps, promit le marquis. Cependant, il est absolument essentiel que personne ne suspecte les vraies raisons qui vous empêchent de rentrer chez vous et vous obligent à demeurer chez un si proche voisin.

Sentant le désappointement de Jimmy à la perspective de cette « convalescence », il ajouta :

— Courage, jeune homme ! J'espère qu'en dépit de vos blessures vous serez encore capable d'apprécier la cuisine de mon chef. Il est célèbre pour son gâteau au chocolat. Le prince régent lui-même s'est plaint, la dernière fois qu'il est venu souper ici, de lui devoir quelques kilos supplémentaires !

Jimmy partit d'un grand éclat de rire.

— J'adore le gâteau au chocolat !

— J'étais comme vous quand j'avais votre âge, dit le marquis en souriant.

Il tira sur le cordon de la sonnette, et quand le maître d'hôtel se présenta, demanda :

— Les chevaux sont-ils prêts ?

— Oui monseigneur, ils vous attendent.

— Très bien, mais renvoyez quelqu'un aux écuries : lady Mimosa Field et son frère, le comte de Petersfield, aimeraient nous accompagner.

Assurez-vous que leurs chevaux soient aussi rapides que ceux que le major Toddington et moi-même allons monter.

— A vos ordres, monseigneur!

Le maître d'hôtel sortit et Mimosa intervint d'une voix embarrassée:

— Je crains, monseigneur, que nous ne vous causions bien du dérangement, et c'est exactement ce que j'aurais voulu éviter.

— Je le crois volontiers, dit Charles Toddington avant que le marquis eût pu protester, mais en ce qui me concerne, je vous suis extrêmement reconnaissant, lady Mimosa.

— Reconnaissant?

— Avant votre arrivée, mon ami se plaignait amèrement de la monotonie du temps de paix en Angleterre. Vous refuserez de me croire, j'en ai peur, mais il regrettait l'heureux temps de la guerre et l'inconfort du continent.

— Oh! ce ne peut être vrai! s'exclama lady Mimosa au comble de l'incrédulité.

Elle regarda le marquis d'un air interrogateur.

— Mais la situation est aujourd'hui différente. Là-bas, vous luttiez contre un ennemi que vous pouviez voir et entendre, tandis que maintenant, il s'agit d'un fantôme qui, de surcroît, pourrait devenir dangereux!

— Cela ne m'inquiète pas, répliqua le marquis d'un ton léger.

— Moi si, dit Charles, car je comprends exactement ce que lady Mimosa veut dire. Sur le continent, l'adversaire n'était pas douteux, et nous connaissions exactement les raisons pour lesquelles nous combattions. Tandis qu'aujourd'hui, nous soupçonnons bien l'identité de l'ennemi mais nous ignorons tout de lui, de ses projets, de ses complices éventuels. Nous sommes en fait dans le noir le plus complet.

Mimosa retint son souffle.

— Oui... c'est cela... c'est cela qui m'effraie tant !

— Nous avons combattu à Waterloo, dit le marquis d'un ton ferme. Ce ne sont pas de sournois voleurs ou d'invisibles meurtriers qui parviendront à m'intimider. Si nous, avec notre intelligence, nous ne sommes pas capables de nous unir et de triompher d'un homme que je considère comme un simple déséquilibré, alors franchement, quelle humiliation !

Il parlait d'un ton ferme et Charles, qui le connaissait bien, le sentait en fait intrigué, voire excité par l'étrangeté de la situation et la perspective de la lutte.

Quelques instants plus tard, ils s'éloignaient de la maison, chevauchant sous les arbres du parc en direction du champ de courses privé du marquis. Situé en terrain plat, il était bordé par un cours d'eau qui serpentait en contrebas.

Pendant leur promenade, Charles Toddington évaluait le changement d'humeur de son ami : quelle différence avec celle du matin ! Il était métamorphosé. Finis l'ennui, le spleen, la monotonie, plus question de tuer le temps !

Il était maintenant engagé dans une conversation des plus animées avec Mimosa, et avait cet air vif et décidé qu'il arborait au milieu des batailles, ou pendant leurs chevauchées à travers le Portugal et l'Espagne vers le sud de la France. Lorsqu'ils étaient sur le continent, pas un seul jour le marquis n'avait manqué de vitalité et de verve. Il encourageait ses hommes, les faisant rire jusque dans les situations les plus dramatiques. Il savait inspirer une telle confiance à chaque soldat qu'au beau milieu d'un cyclone ou de l'enfer, aucun n'aurait un instant douté de la victoire.

« C'est la meilleure chose qui pouvait arriver à Drogo », se dit Charles.

Peu importait que le marquis eût perdu son pari ! La visite inopinée des Petersfield l'avait arraché au sinistre état d'esprit où l'avait plongé le séjour de ses invités. Grâce à eux, se disait Charles, il avait retrouvé son dynamisme, ainsi qu'un but dans l'existence, et une tâche à sa hauteur.

Ils firent deux fois le tour du champ de courses, les trois adultes du petit groupe affrontant les obstacles, tandis que Jimmy avait ordre de les éviter. Celui-ci était un peu déçu, mais le marquis ne voulait pas prendre le risque d'un véritable accident, car le cheval de Jimmy était plus grand, plus rapide et plus difficile à maîtriser que ceux que l'enfant avait pu monter jusqu'alors.

Mais Jimmy était manifestement un sportif, et le marquis admira sa façon de monter, ainsi que sa docilité et son empressement à rendre les petits services qu'on lui demandait. C'est seulement à mi-chemin du retour que le marquis les conduisit dans un petit bois.

— Maintenant, Jimmy, dit-il, vous changez de rôle. Montrez-moi si vous êtes capable de bien jouer celui du cavalier qui vient juste de faire une chute particulièrement pénible et douloureuse !

Jimmy poussa un petit soupir comme s'il pouvait à peine supporter l'idée de ne plus monter, mais il s'inclina sans protester et descendit de cheval. Il lui caressa affectueusement l'encolure et attendit les instructions du marquis.

— Je vous suggérerai d'abord, dit celui-ci, de vous traîner un peu sur la mousse afin de salir votre culotte.

Jimmy parut d'abord surpris, mais, comprenant bientôt le stratagème, son visage s'épanouit et il s'exécuta.

— Maintenant, prenez un peu de boue, et salissez-vous le front

Jimmy obéit à nouveau, et Charles dit à mi-voix à Mimosa qui regardait la scène :

— Vous remarquerez que notre hôte a un sens étonnant du détail. Rien ne lui échappe — ni le bouton non astiqué d'un soldat, ni le mensonge de quelqu'un.

— Il est merveilleux, dit Mimosa. Et sa bonté est plus grande que je ne m'y attendais. Ce qui ne l'empêche pas d'être assez intimidant !

Charles haussa les sourcils.

Il n'avait jamais entendu appliquer ce qualificatif au marquis.

— Qu'est-ce qui vous fait dire cela ? demanda-t-il.

Mimosa réfléchit un bon moment avant de souffler tout bas :

— Il est si... autoritaire ! Et il a un pouvoir magnétique... si fort !

Charles parut encore plus surpris qu'auparavant.

— Je vois bien ce que vous voulez dire, mais...

Il fit une pause ; alors, comme si elle devinait sa pensée, Mimosa dit avec un sourire :

— Vous ne vous attendiez pas à ce que quelqu'un d'aussi provincial que moi puisse néanmoins avoir conscience de ces choses !

— Oh ! Je ne dirais jamais rien de tel ! protesta Charles.

— Non, mais vous l'avez pensé.

Les circonstances ne leur permirent pas d'en dire davantage car, comme prévu, Charles dut s'emparer de la bride du cheval de Jimmy.

Le marquis mit alors ce dernier en selle devant lui.

— Maintenant, appuyez votre tête contre mon épaule, ordonna-t-il, fermez les yeux comme si vous étiez inconscient, ou sous le coup d'une forte douleur, et faites en sorte que votre corps ait l'air aussi mou qu'une chiffe.

— Dois-je commencer dès maintenant ? demanda Jimmy.

Tout en parlant, il regardait à travers les arbres : Héron, avec sa façade d'une architecture très pure, était encore assez éloigné.

— On ne peut jamais savoir si quelqu'un n'est pas en train de nous guetter, dit le marquis. Nous ne pouvons pas nous permettre de prendre le moindre risque, Jimmy. De plus, je pense que ce serait une bonne chose que vous entriez, sans attendre, dans la peau du personnage qui va être le vôtre.

Il ajouta avec une grande fermeté :

— Il faut que vous soyez très convaincant lorsque je monterai les escaliers en vous portant dans mes bras. Votre sœur, qui nous suivra, affectera de son côté une terrible angoisse.

— Mes félicitations ! dit Charles d'un air moqueur. Je constate avec plaisir que vous possédez tous les talents du comédien amateur !

— De deux choses l'une, Charles ! Ou bien nous faisons les choses correctement, dit le marquis d'un ton cassant, ou nous renvoyons chez eux lady Mimosa et son frère affronter ce qui les y attend, tandis que nous nous lavons les mains à la façon de Ponce Pilate en prétendant que leurs problèmes ne nous concernent pas.

Lady Mimosa poussa un léger cri de protestation, et Charles dit en souriant :

— J'accepte la réprimande ! Je ne faisais pourtant que vous taquiner, Drogo !

— Très franchement, Charles, dit le marquis, je prends, moi, tout ceci très au sérieux.

— Comment pouvez-vous être si compatissant... si compréhensif ? murmura lady Mimosa. Lorsque je suis venue vous voir, j'étais à peu près certaine que vous me renverriez en me disant que je... m'agitais beaucoup... à propos de... rien !

Il y avait quelque chose d'extatique dans sa voix — mais Charles fut le seul à s'en apercevoir. Et tandis que le marquis adressait à Mimosa un de ses sourires irrésistibles, il songea que Drogo avait encore fait une conquête, ce qui n'était pas surprenant. Mais il doutait fort que son ami fût à même de l'apprécier à sa juste valeur...

Comparée à lady Isme, Mimosa était très jeune, absolument pas sophistiquée et provinciale dans ses manières. Il n'y avait aucun artifice dans sa façon d'être ni dans ses vêtements. Elle ne dissimulait pas sa reconnaissance, et ne pratiquait pas non plus les coups d'œil provocateurs et les minauderies que les Londoniennes multipliaient en présence du marquis. Au contraire, elle se contentait de le regarder, les yeux écarquillés, telle une enfant, et elle ne faisait aucun effort pour cacher son admiration.

« Il est possible que le jeune garçon s'en tire, pensa Charles ironiquement, mais sa sœur y laissera certainement le cœur ! »

Cependant, il était si content que le marquis s'intéressât aux problèmes de lady Mimosa que les éventuels états d'âme de celle-ci ne le touchaient guère. Il éprouvait seulement une extrême gratitude à son endroit : sans le savoir, elle avait fait son apparition au bon moment.

Suivant les instructions du marquis, Jimmy joua son rôle à la perfection dès le moment où ils furent en vue de la porte principale de Héron.

Tandis qu'un valet d'écurie s'emparait des chevaux et qu'un valet de pied dévalait les marches, le marquis dit d'un ton brusque :

— Sa jeune seigneurie a fait une chute ! Envoyez au plus vite chercher Henson et Mme Dawson !

Mme Dawson était la gouvernante ; un valet de pied remonta précipitamment la chercher dans la maison.

Le temps que le marquis soulève Jimmy de sa selle, le porte avec infiniment de précautions dans le vestibule d'entrée et commence à monter avec lui le grand escalier, Mme Dawson était apparue sur le palier dans un bruissement de soie noire, une grande ceinture d'argent lui ceignant la taille.

— Le comte de Petersfield vient de faire une assez vilaine chute de cheval, Mme Dawson, dit le marquis. Je crains qu'il ne souffre d'une légère commotion, il faudrait le coucher.

— Certainement, monseigneur ! acquiesça-t-elle. Nous pourrions le mettre dans la chambre Stuart.

Le marquis réfléchit un instant.

— Je pense que la suite Charles II conviendrait mieux.

— Très bien, monseigneur, approuva la gouvernante. J'imagine qu'une chambre sera également nécessaire pour la jeune dame ?

— Lady Mimosa souhaitera naturellement rester auprès de son frère, répondit brièvement le marquis, tandis qu'ils parcouraient le corridor qui menait à la suite Charles II.

Celle-ci était grandiose et d'un charme exquis ; au plafond, une fresque représentait des groupes de chérubins jouant avec une couronne royale. Le lit sculpté et doré à la feuille, les miroirs et tout l'ameublement étaient également rehaussés d'une couronne.

La chambre prévue pour Jimmy était un peu

plus petite que celle où devait loger Mimosa, et un boudoir réunissait les deux pièces. C'était infiniment plus somptueux que tout ce que Mimosa avait pu voir jusqu'alors.

Elle eut une pensée pour les meubles assez ternes qui garnissaient la maison de son grand-père et s'émerveilla de son séjour imprévu chez une personnalité comme le marquis dont les richesses étaient admirées et enviées par tous ceux qui avaient eu l'occasion de les entrevoir. Quand ils eurent confié Jimmy, apparemment inconscient, aux soins de Henson pour qu'il le déshabille et le couche, Mimosa alla s'asseoir dans le boudoir près du marquis et lui dit à voix basse pour ne pas être entendue des serviteurs :

— Votre maison est magnifique, et elle vous correspond parfaitement.

Le marquis eut une expression amusée.

— Que voulez-vous dire précisément ? demanda-t-il.

Mimosa jeta un regard circulaire sur la pièce, avec ses meubles Charles II en bois doré et ses sièges tapissés au petit point.

— En voyant tout cela, je comprends mieux que la perfection vous soit naturelle !

— Vous dites cela pour me flatter, lady Mimosa ! J'avoue, certes, que votre compliment me touche, car il est vrai que j'aspire à la perfection, mais elle demeure malheureusement hors de portée.

— Pas pour vous, dit Mimosa vivement.

Elle ne le regardait pas, et il eut l'impression qu'elle ne s'adressait pas à lui comme à un homme, mais plutôt une entité impersonnelle, susceptible de rendre possible l'impossible. Il avait si peu l'habitude d'être ainsi considéré par une jeune femme qu'il pensa, l'espace d'un instant, qu'il lui prêtait probablement des pensées imaginaires. Mais il s'aperçut tout à coup que, aussi étrange que cela parût, il lisait dans son âme à livre ouvert. Précisément parce qu'elle était si simple, si dépourvue de toute affectation...

Et pourtant jamais rien de tel ne lui était arrivé auparavant. Exception faite, évidemment, pour toutes ces femmes qui émettaient sans cesse banalités et lieux communs : là, ce n'était même plus de la divination !

Il dit à voix haute :

— Je vous ai donné cette suite, lady Mimosa, parce que j'étais certain que vous sauriez en apprécier la beauté particulière, et de plus mon propre appartement n'en est pas éloigné.

Voyant son air interrogateur, il expliqua :

— Il se trouve un peu plus loin dans le corridor. Si par hasard vous étiez dérangée comme vous l'avez été la nuit dernière, ou si vous sentiez un quelconque danger, vous devriez immédiatement venir me chercher. Comprenez-vous ?

Elle hocha la tête, et il sentit que ces quelques mots avaient suffi pour la réconforter sur-le-champ, et elle en était si reconnaissante qu'elle ne trouvait pas de mots pour exprimer sa gratitude.

— Merci ! Je vous remercie... beaucoup, murmura-t-elle. Je ne puis rien... dire de plus pour le moment.

— Ne me remerciez pas si vite, rétorqua le marquis. Nous avons encore beaucoup à faire avant que Jimmy soit hors de danger.

Et aussitôt, il vit la peur revenir dans les yeux de Mimosa. Mais la jeune fille réalisa que désormais plus rien ne pouvait être aussi effrayant qu'avant, et elle se contenta de dire :

— Je... Je savais que vous étiez la... seule personne qui pourrait nous... aider.

3

Quand Mimosa fut habillée pour le dîner, elle se rendit d'abord dans la chambre de Jimmy pour voir si tout allait bien.

Assis dans son lit, il dégustait un copieux repas comprenant, entre autres, un plat entier rempli du fameux gâteau au chocolat que le marquis lui avait promis.

Jimmy accueillit sa sœur avec un large sourire et dit :

— Fameuse cuisine ! Bien meilleure que ce que nous avons à la maison !

Mimosa jeta un coup d'œil anxieux du côté de la porte.

— Fais attention ! le mit-elle en garde d'une voix sourde. Tu es censé souffrir d'une terrible commotion !

— Tout va bien, répliqua Jimmy. Henson, le valet de chambre de Sa Seigneurie, m'a dit de manger tout ce dont j'avais envie. Il dira en bas que je n'avais pas faim et qu'il a achevé mon dîner à ma place.

Mimosa se mit à rire. Elle connaissait les rouenies dont Jimmy usait pour parvenir à ses fins.

— Je reviendrai te voir après le dîner, promit-elle, mais tu ferais bien d'essayer de dormir tôt. Je suis sûre que nous aurons plein de choses intéressantes à nous raconter demain.

Elle n'ajouta pas qu'elle était épuisée, n'ayant pu fermer l'œil la nuit précédente, parce qu'elle était terrifiée par les événements de la nuit ; de plus, elle avait tourné et retourné dans sa tête la nécessité d'implorer du secours auprès de quelqu'un.

Elle ne savait pas très bien pourquoi elle avait pensé au marquis ni d'où lui venait la certitude qu'il était exactement la personne dont elle avait besoin.

C'était presque comme si elle l'avait eu en face d'elle, comme cela était arrivé une ou deux fois par le passé, lors d'une chasse ou au cours d'un steeple-chase. Il était jeune à cette époque-là, et elle presque une enfant, et pourtant elle s'était souvenue de lui.

Elle l'avait vu pour la dernière fois cinq ans plus tôt, peu de temps avant qu'il partît pour le Portugal.

Néanmoins, son image s'était imposée à elle aussi clairement que l'image d'un livre, et une voix l'avait avertie que lui seul pourrait sauver Jimmy. Tout cela semblait extraordinaire. Et maintenant, elle était son invitée, dans sa propre maison ! Et elle ne doutait pas que, quels que soient les projets de son horrible cousin, le marquis aurait le dessus.

Mme Dawson lui avait dit qu'ils devaient se retrouver avant le dîner dans le salon bleu des estampes. C'était une pièce qu'elle n'avait pas encore vue, et lorsqu'elle y fut introduite par un valet de pied, elle eut l'impression d'être emportée dans un rêve. Elle n'aurait jamais rien pu imaginer d'aussi beau : les murs recouverts de brocart bleu, les immenses chandeliers, la profusion de porcelaine de Sèvres, dont le bleu s'harmonisait avec le dessus des meubles sculptés et dorés, constituaient un ensemble éblouissant.

Après ce coup d'œil circulaire, elle ne quitta plus du regard le marquis et Charles Toddington qui étaient debout, à l'autre extrémité de la pièce, une coupe de champagne à la main. Ils étaient resplendissants dans leur costume de soirée, et elle devait sembler bien insignifiante à côté d'eux.

Mais il y avait une autre raison à l'anxiété qui se lisait dans ses yeux, et cette raison la tourmentait depuis qu'elle avait quitté sa chambre. Elle s'inclina devant le marquis en une gracieuse révérence.

— Je crains, monseigneur, de vous devoir des excuses. J'espère que vous ne me trouverez pas trop importune si... mon chien... demeure... avec moi.

Le marquis avait déjà remarqué le charmant petit épagneul marron et blanc qui avait pénétré dans la pièce à ses côtés. Il sourit, et tendit la main au chien en disant malicieusement :

— Encore un hôte inattendu !

— Si vous le souhaitez, je le renverrai, dit vivement Mimosa, mais lorsque votre valet est arrivé pour prendre nos bagages, les serviteurs lui ont dit que Hunter était affolé de ne pas me trouver, et qu'ils craignaient qu'il ne s'enfuît à ma recherche.

— Ainsi il se nomme Hunter ? remarqua le marquis.

— Oui. Jimmy l'a baptisé ainsi, parce qu'il est toujours en train de chasser, et il ne fait aucun doute qu'il aurait pu partir à ma recherche et se perdre.

A la façon dont parlait Mimosa, le marquis comprit que c'était là une nouvelle plaidoirie, et qu'il ne pouvait refuser le chien. Pour la mettre à l'aise, il lui dit en souriant :

— Comme je peux comprendre le dévouement que Hunter vous porte, je suis tout disposé à lui permettre de rester ici aussi longtemps qu'il se conduira correctement.

— Oh merci ! s'écria Mimosa. Je vous promets qu'il se tiendra très, très bien. Il m'obéit toujours à la perfection.

Hunter lécha la main du marquis et agita la queue comme s'il comprenait qu'on l'acceptait.

— Maintenant, reprit le marquis, je vais vous donner une coupe de champagne, lady Mimosa, et nous allons boire tous trois au succès de notre campagne contre un adversaire qui pourrait, me semble-t-il, être un ennemi de taille.

— Allons donc ! Il ne sera pas pire que Napoléon ! taquina Charles. D'ailleurs, bien que cela ait pris du temps, nous l'avons finalement vaincu.

— La différence est que, dans les circonstances actuelles, le temps est la seule chose dont nous ne disposions pas, répliqua le marquis.

Il tendit à Mimosa sa coupe de champagne.

— Je ne puis envisager que durant des semaines, pour ne pas dire des mois, vous gardiez cette expression angoissée que vous avez en ce moment. Vous devez me faire confiance et savoir que vous aviez raison en venant me demander mon aide.

— J'en suis sûre, tout à fait sûre, dit hâtivement Mimosa, mais je ne puis m'empêcher de me faire du souci au sujet de Jimmy et de m'en vouloir d'être une gêne pour vous.

— Comme je vous l'ai déjà dit, intervint Charles, c'est une excellente chose ! Vous nous avez donné un nouveau sujet de réflexion, qui nous sort de la banalité du quotidien et, en ce qui me concerne, je vous en suis très reconnaissant !

Lady Mimosa comprit qu'il était décidé à poursuivre sur le ton de la plaisanterie, aussi se força-t-elle à sourire en prenant une gorgée de champagne.

— Je ne puis imaginer personne de plus chanceux que moi ! Avoir à sa disposition deux valeureux chevaliers prêts à anéantir le dragon, quel rêve !

— Drogo ne saurait être mieux décrit, dit Charles en riant. Il a toujours été un chevalier errant à la recherche d'une damoiselle en détresse, et voici qu'il en a trouvé une !

— Vous avez une imagination délirante, Charles ! fit observer le marquis.

Mais il souriait en prononçant ces mots. Et tandis qu'il remplissait de nouveau la coupe de son ami, Mimosa reprit :

— C'est merveilleux pour moi de me trouver ici, à Héron, dont on m'a toujours vanté la splendeur. Mais j'ai peur que vous ne pensiez que je manque aux usages puisque je ne porte pas le deuil de mon grand-père, si récemment disparu.

Elle jeta un regard sur sa tunique de simple mousseline ; le marquis reconnut qu'elle était d'un tissu bon marché qu'aucune femme de sa connaissance n'eût accepté de porter. Mais outre l'extrême simplicité de sa tenue, à une époque où la mode était d'orner le bas et le corsage des robes, Mimosa avait, ainsi vêtue, l'air d'une enfant.

Cependant, l'inquiétude était revenue dans ses grands yeux, tandis qu'elle expliquait :

— Depuis les obsèques, j'ai eu très peu de temps pour acheter des vêtements... et l'angoisse permanente dans laquelle j'ai vécu pour Jimmy...

— Charles et moi le comprenons très bien, interrompit le marquis d'un ton apaisant. De plus, en ce qui me concerne, j'ai toujours détesté le caractère sinistre du deuil qui me semble en flagrante contradiction avec la foi chrétienne en la résurrection.

Il avait adopté le ton de controverse qu'il utilisait dans ses conversations avec Charles, lorsqu'ils discutaient entre eux de sujets abstraits dépourvus d'intérêt aux yeux de leurs compagnons officiers.

C'est alors qu'à la surprise du marquis, Mimosa répondit vivement :

— Je suis si contente que vous le ressentiez de cette façon. C'est ce que j'ai toujours pensé, et maman aussi. Elle disait qu'il est mal de porter le deuil, parce que la mort n'existe pas pour les défunts et que nous pleurons sur nous-mêmes et non sur eux.

Après une pause, elle ajouta, presque à voix basse, comme pour elle-même :

— C'est pour cela qu'elle désirait tant rejoindre papa.

Le marquis ne quittait pas Mimosa des yeux comme s'il ne s'était nullement attendu à avoir ce genre de conversation avec une femme aussi jeune.

Il ne se souvenait pas d'avoir eu un entretien semblable avec aucune des beautés sophistiquées auprès desquelles il passait son temps à Londres.

— Comme vous habitez la campagne, dit-il, que nous aurons beaucoup à faire dans les semaines à venir, et qu'il est peu probable que nous ayons une vie sociale, habillez-vous exactement comme vous le voudrez, et oubliez les conventions qui sont toujours extrêmement ennuyeuses et, de surcroît, comme vous venez de le dire, souvent mal adaptées aux circonstances.

Les yeux de Mimosa s'illuminèrent.

— J'aurais dû deviner que vous penseriez de cette façon ! Et pourtant j'ai toujours su que vous étiez original dans vos pensées comme dans vos actes.

En entendant ces mots, Charles pensa une fois de plus que les compliments qu'elle adressait au marquis étaient différents de ceux auxquels on l'avait accoutumé. Il s'aperçut aussi que la déférence de Mimosa était plutôt impersonnelle et qu'elle le traitait en quelque sorte comme un beau tableau ou l'un des meubles de la maison... !

Pour l'instant l'angoisse avait abandonné ses yeux, et elle souriait avec une grâce enfantine et ingénue.

— Maintenant, je ne me sens plus embarrassée comme je l'étais en descendant les escaliers, inquiète non seulement d'avoir à vous présenter Hunter, mais aussi de votre mauvaise opinion sur mes manières.

— Permettez-moi de vous rassurer, répliqua le marquis en riant, vous avez des manières parfaites, lady Mimosa, et je pourrais ajouter : Hunter également !

Tout en devisant, le marquis observait l'épagneul qui, assis aux pieds de Mimosa, regardait tour à tour chacune des personnes qui l'entouraient. On eût juré qu'il suivait la conversation.

— Hunter et moi-même sommes très reconnaissants de ces aimables paroles, monseigneur, remercia Mimosa en posant un instant sa main sur la tête du chien.

Ils passèrent à table et, au grand étonnement du marquis, il se trouva entraîné dans une conversation aussi sérieuse que passionnante sur les conventions des différentes religions et leurs conceptions spécifiques de la mort. La discussion alla de l'Égypte, où l'on enterrait les pharaons avec leurs biens et parfois même des esclaves pour assurer leur service dans l'autre monde, au satî hindou, au cours duquel les veuves s'immolaient sur le bûcher funéraire de leur époux. A la stupéfaction des deux hommes, Mimosa participait à la conversation en faisant preuve d'une culture nullement superficielle, qui lui permettait d'aborder des sujets que la plupart des femmes ignoraient complètement.

Il semblait extraordinaire qu'une jeune fille qui avait toujours vécu à la campagne sans bénéficier de l'enseignement de professeurs hautement qualifiés eût autant de connaissances.

Après qu'ils eurent évoqué les croyances funèbres, puis les étranges religions que l'on trouve en Afrique et dans d'autres parties primitives du monde, le marquis ne put réprimer son étonnement :

— Comment se fait-il, lady Mimosa, que vous sachiez tant de choses sur des sujets que le beau sexe dédaigne d'ordinaire ?

Mimosa parut surprise.

— Vraiment ? Je les ai toujours trouvés fascinants, moi. Et puis, j'ai toujours eu envie de voyager comme papa l'avait fait dans sa jeunesse. Car il a eu la chance d'aller aux Indes avec son régiment ainsi que dans d'autres pays d'Orient. Malheureusement, je n'ai voyagé, moi, qu'en rêve !

— Vous voulez dire que vous avez voyagé à travers les livres ? dit le marquis.

— Exactement ! Grand-père avait une vaste bibliothèque, moins complète probablement que la vôtre, mais elle comprenait un grand nombre de volumes sur des pays étrangers parce qu'à sa façon, mon arrière-grand-père était un explorateur.

— Et moi qui croyais que les jeunes filles lisaient seulement des romans à l'eau de rose ! ironisa Charles.

— J'en ai lu quelques-uns ! avoua Mimosa, mais je les trouve bien fades comparés aux récits de l'Européen qui, déguisé en pèlerin, parvint à s'introduire dans La Mecque en dépit du danger, ou de cet homme qui a visité le Tibet et rencontré le dalaï-lama.

Ainsi, la conversation repartait maintenant vers ces lieux étranges et cachés, où personne ne peut pénétrer à moins de se déguiser.

Tous trois éprouvaient une profonde fascination pour ceux que dévore un ardent désir de connaître l'inconnu et d'explorer des contrées mystérieuses totalement interdites aux étrangers.

— Voilà ce que nous devrions faire, Charles, dit le marquis, au lieu de nous ennuyer avec des trivialités.

Mimosa joignit les mains.

— Je suis sûre que vous trouveriez le moyen d'aller à La Mecque si vous le vouliez, dit-elle, et d'assister aux danses des derviches, mais de telles expéditions ne trouvent leur pleine justification que par la publication de livres destinés à ceux qui ne peuvent, hélas, les entreprendre.

— Je me doutais bien qu'il y aurait un os ! s'exclama le marquis. S'il y a une chose que je n'ai aucune envie de faire, c'est bien écrire !

— Pourquoi donc ? s'étonna Mimosa. Pensez au plaisir que tous les gens contraints de rester chez eux éprouveraient à lire votre compte rendu personnel de ce qui s'est passé à Waterloo, ou lors d'autres batailles auxquelles vous avez participé — Vitoria par exemple.

Le marquis la regarda, abasourdi.

— Qui vous a dit que j'étais à Vitoria ? demanda-t-il.

— Votre valet nous a parlé, à Jimmy et à moi, de votre bravoure, et nous a raconté comment vous aviez sauvé la vie de plusieurs hommes en les ramenant en pleine nuit derrière leurs lignes.

Le marquis parut embarrassé.

— Henson devrait apprendre à tenir sa langue, dit-il, je vais le lui dire !

— N'en faites rien, je vous prie, ce ne serait pas gentil, protesta Mimosa. Jimmy l'a questionné sur les batailles auxquelles vous aviez participé, et alors, comprenant notre intérêt, il a satisfait notre curiosité.

D'un air anxieux, elle insista :

— S'il vous plaît... je serais désolée que vous le grondiez... à cause de moi.

— Je vous promets donc de ne rien dire. D'ailleurs, Henson n'en fait jamais qu'à sa tête, vous vous en apercevrez vite si vous restez ici assez longtemps. Je ne parviendrais pas à le faire taire même si j'essayais !

— Si vous refusez d'écrire un livre, dit Charles, peut-être Henson pourrait-il le faire pour vous ?

Ils rirent tous à cette idée, et le marquis s'aperçut qu'il avait trouvé ce dîner amusant et très différent de ce à quoi il s'attendait.

Quand Mimosa, qui était vraiment très fatiguée, les eut priés de l'excuser et fut montée se coucher, les deux amis restèrent seuls au salon.

— Je présume que vous n'avez pas oublié que je vous dois cinq souverains ? demanda le marquis.

— Bien sûr que non, répondit Charles, et je compte bien me faire payer ; mais franchement, je ne pensais pas gagner mon pari...

— Cela paraît incroyable, dit le marquis. Juste au moment où je me plaignais de l'ennui et de la monotonie de la campagne, cette histoire qui nous tombe sur les bras !

— Je n'ai cessé d'y penser moi-même durant le dîner, répondit Charles, et je n'aurais jamais imaginé que nous découvririons aujourd'hui une jeune fille aussi intelligente que lady Mimosa !

— Elle est certes originale ! remarqua le marquis, mais bien trop jeune pour ce genre d'aventures. Elle sort tout juste de l'enfance.

Il y eut un silence. Puis il ajouta comme s'il se parlait à lui-même :

— Je suppose qu'elle nous a dit l'exacte vérité et n'a pas imaginé cette tragédie ?

— J'aurais pu en douter, répondit Charles, si je n'avais rencontré Norton Field et si je ne me souvenais de certaines habitudes détestables que j'ai préféré ne pas évoquer devant sa cousine.

— C'est-à-dire ? demanda le marquis.

— Eh bien, entre autres, il fréquente le genre de maisons de plaisir dont ni vous ni moi ne franchirions le seuil !

Le marquis haussa les sourcils et Charles continua.

— Vous savez ce dont je veux parler, les pourvoyeuses de vices exotiques que nous trouvons l'un et l'autre abominables.

Le marquis fit un signe de tête affirmatif.

— Indépendamment de cela, je me rappelle avoir entendu dire qu'il encourage les plus jeunes membres du club, dès leur entrée, à boire avec excès, puis à parier au jeu de très fortes sommes qu'il empoche inévitablement !

— Vous serait-il possible de le prouver ? dit le marquis avec colère. Je le ferai chasser du club ! Ce genre de conduite ne devrait pas être toléré au *White's* !

— C'est difficile à empêcher comme à prouver, dit Charles, mais je suis certain d'être dans le vrai : Norton Field est un personnage très déplaisant, et je crois sans peine qu'il est prêt à tout pour succéder à son oncle... enfin ! à son petit-cousin...

— Il irait vraiment, selon vous, jusqu'à assassiner le petit Jimmy pour parvenir à ses fins ? demanda le marquis.

— Oui. Mais il est trop tortueux pour le tuer ouvertement. Il ne tirera sûrement pas sur lui, ce qui serait pourtant facile à n'importe quel moment. Mais la noyade... tenez... la noyade ! A condition, naturellement, que cela ait l'air d'un accident.

— Je vois, je vois, Charles, reprit le marquis après un silence. Des meurtres sournois : une pierre qui tombe d'un toit, cela peut passer pour un accident. Un piège à homme, en dépit du nom, est destiné aux animaux. Mais alors pourquoi, si le visiteur était bien Norton Field, tenter de pénétrer dans la chambre de l'enfant, l'autre nuit ?

— Peut-être avait-il l'intention de l'enlever ?

Le marquis se leva d'un bond :

— Je n'y avais pas songé ! Je lui avais prêté l'intention de l'étrangler pendant son sommeil ou de l'étouffer sous ses oreillers jusqu'à ce que mort s'ensuive.

— Non... intervint Charles, Norton Field est trop malin pour faire quoi que ce soit qui le rendrait personnellement suspect et qui, par conséquent, l'empêcherait de devenir comme il le souhaite le cinquième comte de Petersfield.

Il fit une pause comme s'il essayait de percer ses plans à jour.

— Un cadavre accusateur est une chose très difficile à expliquer. En revanche, quand quelqu'un disparaît, on peut toujours supposer qu'il s'est enfui, et lorsque, le cas échéant, il est retrouvé mort, on peut toujours attribuer le décès au fait qu'il s'est perdu dans la lande ou que, pris dans une tempête de neige, il a péri de froid, ou encore qu'il a été accidentellement abattu dans un épais brouillard.

— Eh bien, vous avez tout envisagé! s'exclama le marquis.

— Ne nous faut-il pas prévoir tous les cas de figure? répondit Charles. Je ne crois pas un seul instant que Norton Field nous arrive dessus en brandissant un pistolet ou une épée. Vous le tueriez en état de légitime défense ou pour protéger Jimmy : un risque qu'il ne courra pas!

— Effectivement, murmura le marquis.

— Il va être beaucoup plus subtil, et nous allons devoir employer une tactique très différente de celles que nous avons jusqu'à présent utilisées contre un ennemi qui portait un uniforme facile à identifier.

— Sacrebleu! s'exclama le marquis, vous faites apparaître la situation comme incroyablement difficile à gérer.

Il se leva et resta debout devant la cheminée.

— Je ne puis croire, reprit-il, qu'il me soit impossible de protéger un gamin des griffes meurtrières d'un homme qui convoite son titre!

— C'est facile à dire, railla Charles, mais êtes-vous vraiment prêt à assurer la protection du jeune Jimmy vingt-quatre heures sur vingt-quatre, pendant des mois, peut-être des années?

— Non, bien sûr que non! répondit le marquis. Nous en avons déjà parlé, il nous faut donc obliger Norton Field à se découvrir.

— Nous sommes d'accord, mais comment? demanda Charles. Et comment pourrions-nous deviner quels tours son esprit tortueux et déséquilibré va nous inventer ? Tout ce que nous savons, c'est qu'il tentera de tuer l'enfant de telle manière que personne ne puisse l'accuser de meurtre !

Le marquis arpentait la pièce de long en large.

— Je vais aller me coucher avec cette idée, Charles, et, dans la matinée, nous mettrons nos réflexions en commun, comme nous avions l'habitude de le faire en Espagne et au Portugal. Nous devons réfléchir à ce que nous ferions si nous étions à l'extérieur de cette maison, avec pour cible l'enfant qui s'y trouve enfermé.

Charles sourit.

— Voilà un problème qui risque de vous tenir éveillé quelques bonnes heures cette nuit. Je serais néanmoins très surpris que vous arriviez au petit déjeuner avec quoi que ce soit de concret.

— J'accepte de parier sur ce point, répliqua le marquis. Je vais essayer de trouver l'appât décisif, dussé-je ne pas fermer l'œil de la nuit !

— Entendu, dit Charles. Je prends le pari, mais pas avant que vous ne m'ayez payé ce que vous me devez déjà.

Le marquis se mit à rire.

— Vous êtes décidé, je le vois, à m'empêcher d'oublier ces cinq pièces d'or, dit-il. Pourtant, je vous jure, Charles, que je ne suis pas un mauvais payeur !

— Prouvez-le ! dit Charles, et tous deux montèrent l'escalier en riant.

Tandis qu'il se rendait dans sa chambre, Charles Toddington s'émerveillait encore qu'une simple jeune fille eût réussi à faire passer le marquis de la morosité, l'abattement et le dégoût de tout à cet état si naturel qu'est le goût de vivre.

Ainsi que Charles l'avait prédit, le marquis ne put dormir et passa la nuit les yeux grands ouverts dans le noir, à échafauder des plans.

Il était beaucoup trop lucide pour ne pas se rendre compte de l'extrême difficulté de la situation. De toute évidence, Charles avait raison : Norton Field ne se risquerait pas à commettre un acte qui pourrait le compromettre. S'il tentait de tuer Jimmy, ce ne serait pas par des moyens ordinaires.

Mais il était pratiquement impossible, quel que fût le nombre d'hommes postés autour de lui, d'empêcher l'enfant une fois à découvert, d'être abattu par une balle « perdue ». Certes, si Norton Field se trouvait dans les parages à ce moment-là, bien des gens ne manqueraient pas, même sans preuves, de l'accuser de meurtre. Mais justement... sans preuves. « Que pouvons-nous faire ? Que diable pouvons-nous faire ? » se demandait le marquis.

Enlever l'enfant chez lui, dans la maison de son grand-père, aurait sans nul doute été relativement facile. Tandis que le marquis s'habillait pour le dîner, Henson lui avait décrit la maison comme une grande baraque pleine de coins et de recoins. Outre que les domestiques, tous de vieux serviteurs, dormaient dans une aile — le bâtiment central étant réservé à la famille, c'est-à-dire aux seuls Mimosa et Jimmy —, il était très facile d'y pénétrer par effraction. Bref, si Norton Field avait réussi à kidnapper le petit, les chances de retrouver celui-ci et de confondre le criminel auraient été à peu près nulles.

Après avoir enlevé l'enfant, il l'aurait emmené loin de la maison, peut-être au nord, peut-être au sud, et le cadavre n'aurait été retrouvé que des semaines, des mois plus tard, dans quelque fossé...

Et rien n'aurait permis d'établir un lien quelconque entre sa mort et son cousin qui, pendant ce temps, aurait été vu à Londres, au club, et avec ses peu recommandables amis...

Or, un premier échec ne prouvait nullement que Norton Field renoncerait...

« Je dois empêcher que cela ne se reproduise », pensa le marquis.

Il décida donc de déménager Jimmy dès le lendemain et de l'installer plus près de sa propre chambre. Pour parer à toute éventualité, il valait mieux le faire coucher dans le cabinet de toilette de la suite principale. Comme il était situé au second étage, Norton Field ne pourrait pas y pénétrer par une fenêtre. Du reste, le marquis, ayant un sommeil très léger, s'éveillerait au moindre bruit ou à toute tentative d'ouvrir la porte de la pièce contiguë à sa chambre.

« Oui, c'est cela que je vais faire », décida-t-il.

Puis, comme la nuit était largement avancée, il s'efforça de dormir et d'oublier Jimmy pour quelques instants.

Il fut brusquement tiré de son sommeil par l'arrivée précipitée de Henson dans sa chambre et par la façon dont celui-ci tirait bruyamment les rideaux, contrairement à sa manière flegmatique habituelle.

— Monseigneur ! Êtes-vous réveillé, monseigneur ?

Le marquis s'assit dans son lit.

— Qu'y a-t-il ?

Avant que l'homme pût parler, il avait compris qu'il s'agissait de quelque chose de grave, et se doutait même de quoi il retournait.

— Sa jeune Seigneurie est partie — elle a disparu, monseigneur !

— Disparu ! Que voulez-vous dire ?

— On est entré par effraction dans la maison la nuit dernière, par la porte de la cour intérieure.

Incrédule, le marquis regarda fixement son valet.

La cour intérieure se trouvait dans la partie ancienne de la demeure, celle qu'on avait laissée intacte lors des restaurations et des reconstructions que son grand-père avait effectuées au début du siècle précédent.

Les pièces qui donnaient sur la cour intérieure étant petites, on les utilisait surtout comme lieux de rangement, l'une d'elles servant néanmoins de bureau au secrétaire du marquis. Évidemment, la nuit, tout cela était verrouillé.

— Racontez-moi exactement ce qui s'est passé ! s'exclama le marquis en sortant de son lit.

— La serrure a été enlevée à l'aide d'une perceuse, monseigneur. Du travail de professionnel et, n'eût été le chien de Sa Seigneurie, nous aurions pu ne pas nous en apercevoir tout de suite.

— Le chien de Sa Seigneurie ? répéta le marquis. Que vient-il faire là-dedans ?

— Je l'ai entendu geindre et gratter à la porte, monseigneur, alors que j'arrivais dans le couloir pour voir si Sa jeune Seigneurie n'avait besoin de rien. Je m'attendais à le trouver réveillé, bien qu'il ne fût pas encore sept heures, mais quand j'ai risqué un œil par l'entrebâillement de la porte, il n'était plus là !

— Je ne puis le croire, dit le marquis dans un souffle.

Mais il n'interrompit pas Henson qui poursuivit :

— C'est à ce moment que j'ai entendu le chien gémir et gratter à la porte à côté. Je m'y suis donc rendu et, à ma grande stupéfaction, Mademoiselle aussi avait disparu !

Tout en parlant, Henson lui apportait des vêtements et le marquis commençait à s'habiller.

— Quand j'ouvre la porte, monseigneur, poursuivit le valet, le chien passe près de moi comme un boulet, se précipite dans le corridor et, le museau au ras du sol, commence à courir jusqu'aux escaliers de service. Je le suis, pensant qu'il va peut-être me conduire vers Sa Seigneurie. Lui, tournant comme un fou, finit par me mener, à ma grande surprise, jusqu'à la porte de la cour intérieure.

Le marquis, qui avait enfilé sa culotte de cheval, se dirigea vers sa table de toilette, y prit une cravate dans un tiroir et se la noua rapidement autour du cou.

— La porte était fermée, monseigneur, continua Henson, mais j'ai tout de suite vu que la serrure avait été enlevée.

— Alors, qu'avez-vous fait ?

— Le chien voulait sortir, monseigneur, mais j'ai pensé que ce serait une erreur de le laisser faire : nous risquions de le perdre s'il partait à la recherche de Sa Seigneurie. Je l'ai donc attrapé par le collier, puis enfermé dans la chambre à coucher de sa maîtresse. Il y fait un tapage à faire s'écrouler la maison !

— Très bien, Henson, approuva le marquis, excellente initiative ! J'ai l'impression que ce chien est notre seul espoir de découvrir le lieu où Sa Seigneurie et sa sœur ont été emmenés.

Sa voix était dure et pleine de colère : il se reprochait cette catastrophe qu'il aurait dû prévenir.

— Allez réveiller le major Toddington, dit-il d'un ton bref, et dites-lui de s'habiller en toute hâte. Je suis aux écuries, qu'il veuille bien m'y rejoindre au plus vite.

Conscient que l'ordre qu'il venait de recevoir exigeait une exécution immédiate, Henson disparut, et le marquis enfila ses bottes de cavalier sans l'aide de personne.

Il avait passé sa veste de cheval, et se préparait à quitter la pièce lorsqu'une inspiration soudaine le fit revenir sur ses pas : ouvrant un tiroir de sa table de nuit, il en retira un pistolet.

Le tiroir contenait également une des laisses qu'il utilisait pour ses propres chiens. S'en étant emparé, il courut dans le corridor jusqu'à la chambre de Mimosa. Chemin faisant, il entendait Hunter geindre et gratter, et lorsqu'il ouvrit la porte, il eut le plus grand mal à empêcher le chien de se ruer au-dehors, impatient qu'il était de se lancer à la recherche de sa maîtresse.

Après avoir attaché la laisse au cou de Hunter, il examina les lieux. Le lit de Mimosa était sens dessus dessous. Drogo eut la conviction qu'il y manquait une couverture, ce qui pouvait expliquer, au moins partiellement, le désordre de la pièce. Le ravisseur devait en être à l'origine. Effectivement, la chambre de Jimmy présentait exactement le même aspect.

De toute évidence, le ou les intrus avaient fait irruption dans la chambre, bâillonné et ligoté leurs victimes avant qu'elles ne fussent réveillées, puis les avaient roulées dans des couvertures et transportées au-dehors. Il semblait incroyable que cela eût pu se produire dans sa propre maison, alors qu'il dormait, lui, à peine quelques portes plus loin !

Il savait maintenant qu'il aurait à affronter un adversaire bien plus rusé qu'il ne l'avait imaginé.

Sans se l'avouer, le marquis n'avait plus en cet instant cette confiance habituelle en sa propre infaillibilité.

Mimosa était plongée dans un profond sommeil et rêvait du marquis — elle s'en souvint plus tard — lorsqu'une main placée sur sa bouche pour étouffer ses cris la réveilla brusquement.

Pendant quelques instants, elle eut du mal à comprendre ce qui lui arrivait. Puis, au moment où tout son corps commençait à réagir contre l'agression qui l'avait d'abord pétrifiée, elle sentit qu'on lui enfonçait un chiffon dans la bouche et qu'on la retournait pour nouer le bâillon derrière sa tête. Son visage était si fermement maintenu contre l'oreiller qu'elle pouvait à peine respirer. Puis on la ligota et on lui tira les mains derrière le dos pour lui attacher les poignets, tandis que quelqu'un d'autre lui liait les chevilles.

Ce devait être un cauchemar ! C'était impossible ! Un sentiment d'horreur l'envahit et elle tenta de hurler : or, non seulement elle ne put émettre le moindre son, mais elle se crut sur le point d'étouffer...

C'est alors qu'on la retourna sur le dos : elle pouvait maintenant, à la lueur d'une minuscule lanterne, distinguer deux silhouettes sombres.

Les agresseurs, masqués, étaient d'autant plus difficiles à identifier qu'ils agitaient la lanterne près de son visage pour contrôler son bâillon et ses différents liens. Ils arrachèrent une couverture du lit et l'en enveloppèrent entièrement, de sorte qu'elle ne vit plus rien du tout. Mais elle sentit que les deux hommes la soulevaient et l'emportaient.

Pendant tout ce temps, elle avait entendu les grondements furieux de Hunter, mais les hommes semblaient n'y prêter aucune attention, et se contentaient de lui décocher de temps à autre quelques coups de pied sauvages qui le faisaient hurler de douleur.

Comme ils l'emportaient hors de la chambre, elle s'aperçut qu'en fermant la porte, ils avaient laissé Hunter à l'intérieur, et elle l'entendit gratter et geindre. Les deux hommes marchaient très vite et ils faisaient si peu de bruit que Mimosa pouvait à peine percevoir leurs pas. Elle était terrifiée...

Dans l'obscurité, elle eut l'impression étrange qu'on la transportait loin de ce monde dans un autre bien plus sinistre.

Ils descendirent alors des escaliers. Sentant le sang lui monter à la tête, elle pensa que cela l'empêcherait au moins de s'évanouir.

Sans qu'un mot eût été prononcé, elle comprit qu'ils avaient atteint le rez-de-chaussée et se trouvaient dehors, car elle entendait le crissement presque imperceptible des pas sur le gravier. Sans doute portaient-ils des pantoufles ou bien avaient-ils enveloppé leurs chaussures de tissu afin d'amortir tout bruit.

Ils la portèrent ainsi quelque temps, puis elle se sentit soulevée vers ce qu'elle imagina être un véhicule quelconque, où on la jeta à même le plancher.

On referma précautionneusement une portière et, un instant plus tard, des roues se mirent en mouvement au-dessous d'elle, et elle comprit que des chevaux l'entraînaient au loin, sans qu'elle eût la moindre idée de sa destination finale.

Immobile, elle était encore sous le choc et n'éprouvait que l'inconfort de ses mains liées derrière son dos et de son corps blessé par les cordes sous la couverture.

La voiture avançait toujours, ses roues cahotant sur de mauvais chemins, avant de retrouver un terrain moins inégal. Les chevaux allaient à une allure particulièrement rapide pour une voiture qui paraissait assez lourde à traîner.

Finalement, après un bout de trajet qui lui parut assez long, elle eut l'idée de secouer la tête pour que la couverture qui l'enveloppait tombe, lui permettant ainsi de respirer plus facilement.

Dans l'obscurité ambiante, elle ne pouvait encore rien discerner, à l'exception d'une faible lueur qui devait provenir d'une fenêtre ou d'une sorte de guichet grillagé, à travers lequel filtraient des rais de lumière — ce qui lui parut étrange.

C'est alors que, se tournant pour examiner sa prison roulante, son cœur bondit : elle venait de s'apercevoir qu'elle n'était pas seule. Non loin d'elle, à peine visible dans l'obscurité de l'étrange véhicule, gisait un autre paquet, ficelé comme elle. « Jimmy ! » songea-t-elle avec horreur.

4

Le terrain sous les roues devenait de plus en plus accidenté, et les cahots révélaient une route défoncée et creusée de profondes ornières.

De temps à autre, Mimosa avait l'impression qu'on passait par-dessus des obstacles, rochers ou souches, car elle se trouvait alors projetée d'un côté à l'autre du véhicule ; finalement, une nouvelle embardée la lança contre Jimmy.

Comme elle, il avait réussi à se libérer le visage de la couverture et maintenant, à la lumière plus intense qui parvenait du guichet, elle pouvait voir ses yeux agrandis de frayeur.

Elle eût désiré de toutes ses forces pouvoir lui dire un mot pour le rassurer, mais c'était impossible et, de plus, elle était aussi terrifiée que lui, sachant qu'ils avaient été enlevés, et par qui. Ils continuaient à cheminer sur un terrain bosselé, mais la voiture avait beaucoup ralenti, et l'on percevait une espèce de bruissement, sans doute le frottement de branches contre les flancs du véhicule. Par instants, un craquement donnait l'impression qu'on venait de heurter un obstacle pesant.

Bien qu'elle eût du mal à mettre de l'ordre dans ses idées, car elle avait terriblement peur, Mimosa essayait de se raisonner et de réfléchir. Où pouvait-on bien les emmener ? Que se passerait-il ensuite ? Mais elle s'aperçut vite qu'il était impossible, faute du moindre indice, de donner une réponse à la première question... Quant à la seconde...

Toutefois, grâce à la lumière qui filtrait plus crûment au-dessus d'eux, elle finit par comprendre : ils se trouvaient dans un fourgon à chevaux ! Tous les propriétaires d'écuries en utilisaient pour transporter les bêtes d'un champ de courses à un autre ou à la suite de quelconques transactions d'achat ou de vente.

Soudain, la voiture s'immobilisa, ce qui n'empêcha pas Mimosa de percevoir une espèce de mouvement qu'elle ne parvenait pas à identifier.

Son inquiétude était d'autant plus affreuse qu'on n'entendait aucune parole, et pourtant, elle ne pouvait douter que quelque chose allait se passer.

Elle sursauta : on venait de lancer sur le toit du fourgon un objet très lourd. Ce premier choc fut presque aussitôt suivi d'un autre, analogue, et d'une fine pluie de poussière qui, à travers les planches du plafond, vint lentement se déposer sur les captifs.

Le jour qui perçait par le guichet et rendait leur prison moins sombre était maintenant presque occulté : « Des arbres ? » s'interrogea Mimosa qui, de l'angle où elle gisait, ne pouvait être sûre de rien... Des arbres... Mais alors, ils se trouvaient dans un bois ? Pour quoi faire ? Qu'allait-on faire d'eux ? Quel sort leur réservaient leurs ravisseurs ? Sans doute avait-on atteint le lieu où Norton Field comptait les séquestrer. Mais alors, pourquoi les laisser ainsi dans ce fourgon ? Pourquoi... ? Affolée par toutes ces questions sans réponse, Mimosa ressentit soudain une ardente nostalgie de la présence du marquis, de sa voix claire et décidée, planifiant ce qu'ils devraient faire, donnant des ordres et sûr d'être obéi.

Bâillonnée, ligotée comme elle l'était, elle se

sentait totalement impuissante, humiliée, et il devait en être de même pour Jimmy. Cependant, les chocs ne cessaient d'ébranler le toit. On aurait dit que quelqu'un cassait du bois le long du fourgon et l'empilait contre les parois. Et ce bruit-là, n'était-ce pas celui d'arbres que l'on abattait ?

Saisie d'une terreur soudaine, Mimosa se demanda si, en fait, Norton Field ne les avait pas amenés dans ce lieu sinistre avec l'intention de les brûler vifs.

Elle voulut hurler... hurler à mort, comme une bête. C'est alors que l'une des portes du fourgon s'ouvrit et que la lumière du jour pénétra à flots. Mais avant même que Mimosa ait pu apercevoir quoi que ce soit, deux hommes grimpèrent dans le véhicule.

Elle n'eut que le temps d'entrevoir un visage masqué dont seuls les yeux étaient découverts. Déjà, on la jetait brutalement à plat ventre sur le sol, dans la position pénible qui avait été la sienne lors de l'agression nocturne.

Qu'allait-il arriver ?

A son grand étonnement, elle sentit qu'on relâchait les cordes qui entouraient ses chevilles et son corps.

Ses mains étaient toujours attachées, mais leurs liens avaient été séparés des autres d'un coup de couteau. Que signifiait tout cela ? Toujours bâillonnée, elle sentit alors une main se promener le long de son corps. Cette caresse aggrava sa terreur et la fit se raidir. Cependant, comme à regret, les doigts finirent par se poser sur sa nuque et vérifièrent la solidité du bâillon. Enfin, l'homme parla.

Après cet horrible silence, le son de sa voix avait quelque chose d'abominable.

— Je vais vous ôter votre bâillon, dit-il, mais si vous criez ou faites entendre un seul son avant que nous soyons partis depuis une heure au moins, je jure que nous reviendrons pour vous tuer l'un et l'autre. Compris ?

Dans l'impossibilité de répondre autrement que par gestes, Mimosa remua la tête, et l'homme dut comprendre qu'elle acquiesçait, car il défit le bâillon et retira brutalement le mouchoir.

Sitôt fait, il s'éclipsa si vite qu'elle entrevit à peine l'autre homme qui bondissait hors du véhicule. La porte se referma derrière eux en claquant, et une lourde barre vint la sceller bruyamment. Puis Mimosa entendit des brindilles craquer sous leurs pas. Confusément, elle comprit qu'ils s'éloignaient avant de percevoir vaguement le galop des chevaux. Le silence retomba.

Elle écouta longuement, tendant l'oreille pour savoir s'ils étaient vraiment partis. Jimmy chuchota :

— Qu'est-il arrivé ? Où sommes-nous ?

Elle tourna la tête pour le regarder et réussit à s'asseoir non sans mal, à cause de ses poignets attachés.

— Nous pouvons parler, dit-elle, j'ai entendu les chevaux s'éloigner. Mais il ne faut pas crier. Ils peuvent avoir laissé quelqu'un pour monter la garde.

— Pourquoi nous avoir amenés ici ? demanda Jimmy. Et cette étrange voiture, qu'est-ce que c'est ?

— Un fourgon à chevaux, souffla Mimosa.

Elle jeta un regard circulaire sur les cloisons de bois : il s'agissait d'une voiture très vétuste, qu'on n'avait pas dû utiliser depuis des années.

En effet, les fourgons qu'elle avait vus récemment, et même ceux que son grand-père avait l'habitude d'utiliser, étaient tous d'un style différent de celui-ci.

Mimosa comprit qu'elle devait maintenant faire preuve de sens pratique.

— Ils nous ont détachés, mais nos poignets sont toujours ligotés. Ne crois-tu pas, Jimmy, que si nous nous asseyions dos à dos, je pourrais te délivrer ? Ensuite, il te serait facile de me rendre le même service.

— Essayons, convint Jimmy.

Comme Mimosa l'avait suggéré, ils s'installèrent dos à dos et, malgré la difficulté, elle parvint au bout d'un temps qui leur parut interminable à défaire le nœud qui bloquait les poignets de son frère.

Alors, à force de se tortiller les mains, il réussit à se délivrer. Il n'eut ensuite besoin que de quelques minutes pour libérer Mimosa.

Aussitôt, secouant ses mains afin que le sang afflue de nouveau dans ses poignets et dans ses bras ankylosés par leur longue position forcée, elle dit :

— Je me demande bien pourquoi, s'ils avaient l'intention de nous abandonner ici, ils nous ont retiré nos bâillons et les cordes qui nous emprisonnaient ?

— Moi, je suis bien content qu'ils l'aient fait ! s'exclama Jimmy. C'était très inconfortable, et j'avais drôlement peur.

— Et moi donc ! avoua Mimosa. Mais tu as fait preuve de beaucoup, beaucoup de courage. Maintenant, il faut réfléchir à la façon dont nous allons nous échapper d'ici.

En dépit de sa vétusté, le fourgon était solidement construit. Mimosa se leva, un peu titubante, et tenta d'ouvrir la porte, en vain. La barre qui bloquait la porte était extrêmement résistante. Malgré tous leurs efforts, ils ne parviendraient pas à la briser.

Mimosa eut alors pour la première fois l'intuition de la mort affreuse que leur réservait leur cousin.

Pendant un moment, ce fut si horrible qu'elle ne put en supporter l'idée. Elle lisait à livre ouvert dans le plan de Norton Field : il les avait emmenés dans un endroit isolé où il était fort peu probable qu'on les retrouve avant longtemps, peut-être même jamais. D'autant que le fourgon se trouvait maintenant dissimulé sous un amoncellement de bûches et de branchages... Ils seraient donc enfermés là-dedans jusqu'à ce que mort s'ensuive. Et personne ne viendrait les secourir, les sauver ! Cette pensée était si insupportable que Mimosa faillit se mettre à hurler.

Mais la menace proférée par l'homme avant son départ lui revint soudain à l'esprit. Il n'avait probablement cherché qu'à les intimider... Du reste, il était à peu près certain que l'endroit choisi par les criminels interdisait tout espoir d'être entendu... Enfin, Mimosa pouvait-elle, en conscience, prendre le moindre risque, alors que Jimmy se trouvait avec elle ? La seule solution était la fuite... mais comment s'y prendre ?

Et combien de temps leur faudrait-il pour mourir ?

Elle ferma les yeux, accablée par l'horreur de la situation. C'est alors que Jimmy se mit à parler : lui aussi était terrifié.

— Comment sortir d'ici, Mimosa ?

N'osant pas avouer qu'elle n'en avait pas la moindre idée, elle se contenta de dire :

— La première chose à faire est d'essayer de voir si nous pouvons sortir par le guichet. Peut-être parviendrons-nous à l'arracher s'il est vermoulu.

Elle calcula que la taille de Jimmy lui permettrait de passer à travers l'ouverture, mais elle était certaine que les barres de fer étaient fortement encastrées dans les parois de bois. Faute d'outils adéquats, même un homme doué d'une force exceptionnelle serait incapable de les ébranler.

Elle tut cependant son appréhension et se contenta de dire :

— Si tu grimpais sur mes épaules, Jimmy, peut-être pourrais-tu secouer les barreaux et vérifier leur solidité. Par la même occasion, tu regarderais dehors pour essayer de voir où nous nous trouvons.

Jimmy entreprit de faire ce qu'elle avait suggéré.

Monté sur les épaules de sa sœur qui lui tenait les chevilles pour le stabiliser, il atteignit effectivement l'ouverture grillagée et s'y agrippa.

A l'instant même où il y parvenait, elle sut que toute tentative de cet ordre serait vaine.

— Les barreaux sont en fer et très solides! s'écria Jimmy. Tout ce que je peux voir au-dehors, ce sont des branches. Elles semblent nous recouvrir entièrement.

Mimosa, qui s'en doutait déjà, ne dit rien. Jimmy se mit à secouer les barreaux du guichet.

— Rien à faire! s'exclama-t-il. Il nous faudra trouver un autre moyen de sortir d'ici.

Aussitôt, il sauta à terre, et Mimosa, le voyant si vulnérable dans sa chemise de nuit en flanelle blanche, fut émue aux larmes: à moins d'un miracle, le fourgon serait leur tombe. Il était impossible de s'enfuir.

S'efforçant de cacher son désespoir, elle se rassit sur sa couverture et commença à prier avec ferveur. Avec l'aide de Dieu, le marquis les retrouverait.

Tout en priant, elle ne pouvait s'empêcher de penser que les chercher à travers toute la région équivaudrait à chercher une aiguille dans une meule de foin. D'autant plus que, dissimulé sous les branches comme il l'était, le fourgon serait invisible pour quiconque traverserait les bois, fût-ce en passant tout près d'eux...

« A ce moment-là, nous pourrons au moins crier ! » se dit-elle. Faible consolation ! Elle avait l'impression que si elle et Jimmy se mettaient à crier, leur propre terreur n'en serait qu'accrue.

« Je dois rester calme, pensa-t-elle, et faire en sorte que Jimmy ne se doute pas que notre situation est complètement désespérée. »

Il vint s'asseoir à côté d'elle.

— Si nous ne réussissons pas à sortir par le guichet, Mimosa, dit-il, comment pourrons-nous nous échapper ?

— Comment le saurais-je ? répondit Mimosa, d'un ton qu'elle essaya de rendre léger.

Alors, pour vaincre sa terrible peur, elle se remit à prier, sachant qu'il n'y avait rien d'autre à faire.

Le marquis avait éprouvé les plus grandes difficultés à emmener Hunter avec lui jusqu'aux écuries.

Au moment où ils étaient sortis dans la cour intérieure, le chien avait tiré de toutes ses forces sur sa laisse, manifestement désireux de se ruer au-dehors vers l'une des avenues.

C'est seulement quand ils passèrent sous la voûte de pierre que le marquis vit les traces de roues sur le gravier et qu'il se rendit compte qu'un véhicule avait stationné là, probablement celui que les ravisseurs de Mimosa et de Jimmy avaient emprunté.

Hunter confirma ce que le marquis pensait en venant renifler autour des traces de roues, puis en tirant encore une fois sur sa laisse, en une tentative désespérée pour s'élancer le long de l'allée dans la direction qu'ils avaient dû prendre. Le marquis le traîna cependant jusqu'aux écuries où il donna des ordres au premier palefrenier qu'il vit pour que deux chevaux soient immédiatement sellés.

Le temps de les sortir de leurs stalles, Charles l'avait rejoint.

— Comment tout cela a-t-il pu arriver sans que nous entendions rien ? demanda-t-il.

— C'est Hunter que nous aurions dû entendre, répondit le marquis, mais les murs sont très épais, et j'avais eu le tort de ne pas installer Jimmy dans mon cabinet de toilette. Je n'y ai pensé que cette nuit !

— Eh bien, il est trop tard maintenant pour le faire, dit Charles. Où pensez-vous qu'on puisse les avoir emmenés ?

— Pas la moindre idée. Nous ne pouvons compter que sur Hunter.

Il tendit la laisse à l'un des garçons d'écurie, et lorsqu'ils furent en selle, il ordonna de lâcher le chien.

Comme il s'y attendait, Hunter se précipita à nouveau vers la cour intérieure et, collant son museau au sol, se mit en chasse aussi vite que ses pattes pouvaient le porter en direction d'une avenue latérale. Celle-ci traversait plusieurs pâturages, puis, une fois hors du parc, se transformait en un chemin poussiéreux bordé de chaque côté par des haies touffues.

Les deux hommes suivaient Hunter en silence.

Le marquis avait un air renfrogné, et Charles le sentait très en colère, non seulement à cause de Mimosa et de Jimmy, mais aussi parce qu'il s'en voulait d'avoir sous-estimé son adversaire.

Il semblait maintenant extraordinaire qu'aucun des deux n'eût envisagé un seul instant que Norton Field frapperait si vite. Il avait en fait été extrêmement malin. Dès qu'il avait compris la démarche de Mimosa, il l'avait enlevée, ainsi que son frère, avant que le marquis pût prendre ses premières précautions.

Celui-ci aurait de son côté volontiers reproché à Charles de lui avoir parlé de Field comme d'un roué, d'un débauché, alors qu'il s'agissait d'un assassin impitoyable à l'intelligence aiguë, prêt à tout pour obtenir ce qu'il convoitait. A tout.

Seul un scélérat totalement méprisable et probablement dément pouvait ainsi être prêt à tuer un petit garçon pour usurper son titre. Au fond, le marquis n'avait jusqu'alors cru Mimosa qu'à moitié, lorsqu'elle évoquait la perfidie de son cousin.

Field avait dû préparer son forfait avec le plus grand soin et bénéficier de complicités. De complicités ? Le marquis eut l'impression de recevoir un coup de poing en pleine poitrine. C'était la certitude fulgurante que rien ne se serait produit sans l'aide d'un informateur à Héron même...

Norton Field aurait donc soudoyé l'un des serviteurs ? Ses doigts se raidirent sur les rênes tandis qu'il pensait avec rage qu'il avait toujours eu une confiance implicite en sa

89

domesticité. Il souffrait à l'idée que l'un d'entre eux avait pu le trahir.

Mais il avait été à l'étranger pendant si longtemps ! Beaucoup d'anciens serviteurs avaient pris leur retraite, et ceux qui les avaient remplacés n'étaient peut-être ni aussi loyaux ni aussi fiers d'être employés dans une grande maison. Autres temps, autres mœurs...

Il était si facile, pensa le marquis, pour quelqu'un comme Field, de soudoyer un jeune valet de pied, ou même un des marmitons, non seulement avec de l'argent, mais aussi par des beuveries à l'auberge locale, des flatteries adroites, un semblant d'attention !... Du reste, il était certain que Field avait appris très vite après le départ de Mimosa, chez qui elle s'était réfugiée.

Voyant qu'elle et Jimmy ne rentraient pas, il avait dû se dire qu'il convenait de frapper vite, avant que le marquis ne prît ses dispositions pour assurer leur sécurité.

« La surprise est l'une des meilleures armes de guerre », avait dit un jour Wellington.

Le marquis savait maintenant que cette arme-là, Field s'en servait magistralement !

Tout en méditant de la sorte, il observait Hunter qui les devançait de quelques mètres. Le chien s'arrêtait parfois et le marquis retenait alors son cheval, affreusement inquiet à l'idée qu'il pût perdre la trace. Dans ce cas, il n'y aurait plus aucun espoir de jamais retrouver les malheureux.

A la place de Norton Field, où aurait-il emmené Mimosa et Jimmy ? Ceux-ci ne portaient que leurs vêtements de nuit. A moins donc que Norton Field eût l'intention de les tuer sur-le-champ puis de les enterrer dans quelque lieu isolé ou de les noyer dans un étang ou une rivière, cet accoutrement excluait l'hypothèse qu'on les eût conduits dans un lieu où quelqu'un pouvait les voir.

L'angoisse qui torturait le marquis provenait des circonstances mêmes de l'enlèvement : tout semblait en effet indiquer que Field avait l'intention de tuer. Il tentait toutefois de se rassurer en songeant que, selon Charles, un meurtre flagrant était fort improbable. Certes, Norton Field ne pouvait courir le risque, en tant qu'héritier présomptif, d'être soupçonné. Mais...

L'anxiété du marquis augmentait à mesure que Hunter progressait sur la piste accidentée et boueuse qui semblait ne conduire nulle part. Enfin, il vit se dessiner au loin la lisière d'un bois.

C'est alors que Charles, qui n'avait rien dit depuis leur départ de Héron, l'interrogea :

— Vous croyez que le chien sait où il va ?

— Nous n'avons aucun autre moyen de nous mettre sur la voie, répliqua le marquis d'une voix brève.

Puis, comme il regardait devant lui, il ajouta :

— Je m'aperçois à l'instant que nous sommes à la limite de mes terres.

Charles le regarda avec surprise.

— A la limite de vos terres ? dit-il. Mais alors, à qui appartient ce bois ?

— Au comte de Petersfield !

Les deux hommes se regardèrent.

— Les pièces du puzzle commencent à s'ajuster, fit le marquis. S'il a entrepris de dissimuler Mimosa et son frère, c'est sur leurs propres terres. Il les connaît certainement bien, et leur domaine est loin d'être aussi bien entretenu que le mien.

Comme ils s'approchaient du bois, le marquis poursuivit :

— Maintenant que j'y pense, je me rappelle qu'un de mes gardes s'est plaint à moi de la quantité de prédateurs qui ont envahi les bois du vieux comte. Ils sont une menace pour notre propre gibier car, depuis sa maladie, il n'y a plus eu aucune chasse, et les gardes ont été renvoyés.

— Si je comprends bien, vous êtes en train de suggérer, dit Charles, tout en observant Hunter qui courait devant eux, qu'il doit y avoir des dizaines d'endroits sauvages sur les terres du comte où Field pourrait parfaitement cacher deux jeunes gens, et où il serait très difficile de les trouver.

— Oui, effectivement très difficile ! dit le marquis d'un ton grave.

La piste que Hunter avait suivie à travers champs s'enfonçait maintenant dans le bois et le marquis aperçut devant eux un chemin broussailleux.

Le sol était raviné, jonché de troncs vermoulus, de branches mortes. De toute évidence, le bois n'était plus entretenu du tout. Des arbres morts, écroulés dans une végétation désordonnée, pourrissaient sur place, et ceux qui poussaient étaient bien trop proches les uns des autres pour qu'aucun pût se développer normalement.

Il y avait également, ainsi que le lui avait dit son garde-chasse, une quantité énorme de geais et de pies, qui s'envolèrent en tous sens quand ils apparurent, furieux de l'intrusion des deux hommes.

— Voilà un bois bien négligé! fit remarquer Charles.

Le marquis ne répondit pas. Mieux valait se taire : si Field et ses hommes étaient encore tapis dans un coin, mieux valait ne pas trahir leur présence à tous deux.

Il était en outre persuadé qu'avec une avance de plusieurs heures, Field ou ceux qui avaient enlevé Mimosa et Jimmy ne seraient sûrement plus sur les lieux du crime, s'ils avaient effectivement tué les deux jeunes gens. Ils ne seraient pas davantage dans les parages s'ils les avaient emprisonnés dans quelque grotte ou dans une hutte de bûcherons.

Petit garçon, le marquis avait souvent pensé que le grand nombre de cabanes disséminées dans les bois aux alentours de Héron constituaient d'excellentes cachettes et, plus d'une fois, pour fuir ses précepteurs, il y avait trouvé refuge. De là, il se délectait de leurs appels inutiles et de leurs vaines recherches. Et pourtant, il n'était pas bien loin!

Tandis qu'ils poursuivaient leur route derrière Hunter, le marquis examinait les arbres de part et d'autre du chemin, mais comme ils étaient très resserrés et qu'aucune clairière n'était visible, on ne pouvait déceler la présence d'une de ces cabanes en rondins, étanches et relativement chaudes durant les mois d'hiver.

Soudain, à quelques mètres d'eux, Hunter stoppa net. Il semblait maintenant désorienté, allant d'un côté à l'autre du sentier, et le marquis sentit son cœur se serrer. Il était très conscient de l'immensité de ce bois qui s'étendait sur un grand nombre d'arpents. Il faudrait des jours et des jours pour le fouiller en tous sens, même avec tous les hommes disponibles de Héron... Et qu'est-ce qui prouvait, d'ailleurs, que Jimmy et Mimosa étaient bien séquestrés quelque part dans ce bois ?

Hunter tournait sur place comme un fou. Le marquis, descendant de cheval, tendit les rênes à Charles sans mot dire.

— S'il a perdu la trace, qu'allons-nous faire ? demanda Charles.

Le marquis ne répondit pas. Il s'approcha de l'endroit où Hunter, hors d'haleine après sa course éperdue, était en train de flairer le sol, allant encore d'un côté à l'autre du chemin.

Le marquis se pencha pour examiner le sol : il y distinguait maintenant de faibles traces de roues sur l'herbe, mais qui semblaient s'être arrêtées là.

Ce qui le troubla, tout comme Hunter, c'est que la voiture ne semblait pas avoir viré pour sortir du sentier.

D'un côté s'élevaient des arbres, très proches les uns des autres, tandis que, de l'autre, une accumulation de broussailles et de branchages formait une barrière apparemment infranchissable.

C'est alors que le marquis s'aperçut d'un détail significatif. Certaines des branches qui barraient le chemin avaient été fraîchement coupées.

Il tira dessus pour les écarter, et aussitôt Hunter commença à gratter pour se frayer un passage à travers la petite ouverture pratiquée dans le fourré. Le marquis se retourna.

— Venez m'aider, Charles ! Vous pouvez laisser les chevaux. Je ne pense pas qu'ils s'égarent bien loin !

Charles descendit de cheval et noua les rênes sur l'encolure des animaux.

Ceux-ci, baissant la tête, se mirent immédiatement à brouter, et Charles admit qu'il n'aurait aucune difficulté à les rattraper.

Il rejoignit alors le marquis pour l'aider à écarter les branchages.

Et soudain, ils le virent.

Il était si bien camouflé par les branches que les deux hommes s'y heurtèrent avant même de réaliser sa présence : c'était un étrange fourgon à chevaux, démodé et carré, coincé entre deux arbres.

Le marquis regarda Charles sans dire un mot, puis avec l'impression de jouer sa dernière carte, il cria :

— Y a-t-il quelqu'un là-dedans ?

Pendant un moment, tout fut silencieux. Puis deux voix gémirent :

— Au secours ! Aidez-nous ! Je vous en supplie... faites-nous... sortir !

Les cris étaient à peine perceptibles, comme si la peur étranglait les séquestrés.

— Tout va bien ! Nous sommes là pour vous sauver ! s'écria le marquis.

Il entendit la petite voix aiguë de Jimmy pousser alors un cri d'enthousiasme.

Tandis que Charles et lui ôtaient la barre qui bloquait la porte, il crut entendre Mimosa murmurer :

— Merci, mon Dieu... merci !

Il suffit de quelques secondes pour soulever la barre et ouvrir les portes du fourgon.

Mais avant même qu'elles ne fussent complètement ouvertes, Hunter avait bondi à l'intérieur, en poussant des jappements de joie, sautant sur Mimosa qui l'entourait de ses bras tandis que des larmes glissaient le long de ses joues.

Ce fut Jimmy qui sortit le premier et sauta dans les bras de Charles qui était le plus proche de lui.

— Vous êtes venus ! Vous êtes venus ! criait-il. Nous avions si peur que personne ne nous trouve jamais !

— Oui, nous vous avons retrouvés, répliqua Charles, mais c'est Hunter qu'il faut remercier, car lui seul était assez malin pour vous dénicher dans ce coin !

— C'était épouvantable ! s'écria Jimmy, en jetant ses bras autour du cou de Charles.

— Je m'en doute, répondit celui-ci, mais nous allons vous ramener à Héron aussi vite que possible. Vous devez avoir bien faim !

— Terriblement ! acquiesça l'enfant. Je pourrais dévorer une douzaine de saucisses !

Après avoir calmé les effusions de Hunter, Mimosa s'avança vers le marquis qui l'attendait. Lorsque leurs regards se croisèrent, elle parut réaliser qu'elle était bien peu vêtue et que sa fine chemise de nuit ne dissimulait pas grand-chose.

Les joues encore baignées de larmes, elle lui adressa pourtant un brave petit sourire avant de ramasser la couverture dans laquelle on l'avait emportée et de s'y envelopper.

Alors, le marquis la prit dans ses bras et la souleva hors du fourgon.

Il s'aperçut qu'elle avait les pieds nus et dit :

— Vous ne pouvez pas marcher, je vais vous porter.

Mimosa le regardait et ses yeux aux longs cils mouillés de larmes avaient une expression intense.

— Vous êtes venu ! J'ai prié Dieu que par quelque... miracle vous puissiez... nous trouver... mais je ne parvenais pas... à imaginer... comment... vous le pourriez.

— Vous aviez oublié Hunter. C'est à lui que revient ce mérite. S'il ne nous avait pas conduits ici, nous n'aurions pas eu la moindre idée de ce que ce démon avait pu faire de vous.

— Comment cela a-t-il pu arriver, à... Héron ?

— C'est la question que je me pose moi-même, dit le marquis d'un ton furieux, et je vous promets que cela n'arrivera jamais plus. Je vous le promets !

— Je crois, dit Mimosa d'une toute petite voix, que cousin Norton avait l'intention de... nous laisser mourir de faim... de sorte que personne n'aurait pu l'accuser... de nous avoir assassinés.

— Je suis sûr que telle était bien son intention, reconnut le marquis, mais nous avons réussi à empêcher cette abomination. Maintenant, tâchez donc de ne plus y penser jusqu'à notre retour à Héron, où vous serez en sécurité, et où vous pourrez vous restaurer.

— Je... j'aurais dû... savoir que vous... viendriez nous sauver, dit Mimosa d'une petite voix tremblante.

Comme le marquis ne répondait pas, elle pensa que peut-être il ne l'avait pas entendue.

Charles avait déjà récupéré les chevaux, et Jimmy était assis sur le devant de sa selle.

Le marquis souleva Mimosa pour la placer sur son cheval, monta derrière elle et l'entoura de son bras gauche afin de la maintenir contre lui.

Alors, dans l'inexprimable soulagement qui l'envahissait, elle faillit pour la première fois s'évanouir. Fermant les yeux, elle posa sa tête sur l'épaule du marquis.

Comme s'il savait ce qu'elle éprouvait, il dit très doucement :

— Tout va bien — c'est fini maintenant, et bien du temps s'écoulera avant que ce monstre réalise que vous avez pu vous échapper.

— Lorsqu'ils reviendront, dit Mimosa d'une petite voix effrayée, ils... sauront que c'est vous... qui nous avez retrouvés.

Une idée fulgurante traversa l'esprit de Drogo : si, comme il le craignait, quelqu'un à Héron avait partie liée avec Norton Field, celui-ci serait immédiatement informé de l'évasion de ses prisonniers sans même avoir besoin de revenir examiner le fourgon à chevaux.

Cette idée l'exaspéra, mais il ne pouvait agir pour l'instant, la seule chose à faire était de rentrer au château sans alerter personne : les deux captifs avaient le plus grand besoin de ménagements.

Sur le chemin du retour, Jimmy bavardait avec Charles, lui racontant exactement tout ce qui était arrivé depuis l'instant où il avait été réveillé par le poids terrible d'une main sur sa bouche.

Il décrivit la terreur de Mimosa et la sienne lorsqu'ils découvrirent qu'il était impossible de sortir du fourgon.

Mimosa n'avait pas envie de parler. Dépourvue d'énergie, elle se contentait de se blottir dans les bras du marquis. Tandis qu'ils cheminaient, celui-ci eut l'impression qu'elle lui était si profondément reconnaissante de les avoir arrachés à une mort certaine qu'elle priait Dieu pour lui dans son cœur.

Il jeta un regard vers elle et lui trouva un air si jeune, si vulnérable, qu'il en fut bouleversé. Ouvrant les yeux au même instant, elle murmura :

— Comment pourrais-je... jamais vous remercier assez d'avoir... sauvé Jimmy ?

Elle parlait avec une telle intensité que, délibérément, le marquis lui répondit d'un ton léger :

— Je vous l'ai déjà dit — ne remerciez que Hunter !

Après une courte pause, Mimosa reprit :

— Comment pourrons-nous... continuer à vivre... avec la peur que cela se reproduise... et se reproduise encore... jusqu'à ce que cousin Norton réussisse ?

Cette question, le marquis se l'était posée à lui-même : mais il se sentait incapable d'y répondre.

5

— Il est évident que nous devrions nous coucher tôt après une journée d'une telle intensité dramatique, dit le marquis d'une voix légèrement ironique...

Il avait remarqué que les yeux de Jimmy se fermaient et que Mimosa avait aussi l'air très fatiguée.

Ils avaient tellement de choses à raconter qu'ils n'avaient guère eu l'occasion de se reposer depuis leur retour.

Le temps que Jimmy et Mimosa avalent un énorme petit déjeuner, prennent un bain et s'habillent, c'était presque l'heure du déjeuner. Après quoi, on avait continué à converser et à échafauder des plans.

— Qu'allons-nous faire à présent ? interrogea Charles avec pertinence. Jusqu'ici, l'ennemi a marqué des points, même si nous avons réussi à l'empêcher de vaincre.

Tout en parlant, il se disait que Norton Field aurait pu très facilement se débarrasser de Jimmy et de Mimosa. Car sans Hunter, que serait-il arrivé ?

Entre eux, ils avaient longuement discuté pour tenter de comprendre comment Field avait pu mettre au point son ignoble machination.

— Personne ne va jamais dans les bois de grand-père, dit Mimosa, pour la simple raison que les arbres n'ont jamais rapporté beaucoup, et qu'après que grand-père eut renoncé à chasser, nous avons perdu tous nos gardes.

— Je le sais à mes propres dépens, dit le marquis, non sans aigreur. Mes gardes à moi se plaignent souvent de l'énorme quantité de prédateurs qui y trouvent refuge.

— Le bois est si vaste ! soupira Mimosa. Il s'y trouve une sorte de gravière qui était, je crois, utilisée aux temps des Romains. Quand il pleut, elle se remplit et c'est dangereux pour les animaux : aussi les fermiers se gardent-ils bien d'en approcher.

Cette description suffisait à expliquer que le bois fût toujours désert et que Norton Field l'eût choisi pour abandonner ses victimes. Camouflés de surcroît comme ils l'étaient, un passant n'aurait jamais soupçonné leur présence.

— Ce que je ne comprends pas, dit Charles, c'est pourquoi les hommes qui les ont enlevés leur ont retiré leurs bâillons et leurs liens à l'exception de ceux qui immobilisaient leurs poignets.

— Moi aussi, j'ai trouvé cela bizarre, reconnut Mimosa.

— Au contraire, rétorqua le marquis. Field savait bien qu'ils se débrouilleraient pour libérer leurs poignets. Ainsi, quand leurs cadavres seraient retrouvés, rien ne trahirait un acte criminel destiné à les éliminer.

Charles le regarda avec étonnement.

— Comment pouvez-vous dire une chose pareille ? s'exclama-t-il. Ils étaient tout de même bouclés à l'intérieur !

— La barre sur la porte aurait pu être enlevée à n'importe quel moment après leur mort. Leurs vêtements de nuit seraient tombés en poussière au bout d'un certain temps.

Le marquis réfléchit comme s'il laissait se développer la scène dans son esprit, et poursuivit :

— Si on les avait retrouvés au bout d'un an, Norton Field aurait invoqué la mort de Jimmy pour entreprendre les démarches nécessaires afin de se faire reconnaître comme cinquième comte du nom. Quant à expliquer la présence de Mimosa et de Jimmy dans le bois, cela devenait simple : ils s'y étaient rendus un jour, de leur plein gré, et des circonstances imprévisibles les avaient empêchés d'en sortir.

— Je vois ce que vous voulez dire, admit Charles, ce n'est pas si absurde...

— Field est doté d'un cerveau extrêmement rusé, tortueux, diabolique, dit le marquis d'un ton âpre. C'est un fou, sans l'ombre d'un doute. Néanmoins, je vous accorde qu'il est fort intelligent.

— Mais alors... que pouvons-nous... faire ? demanda Mimosa d'un air apeuré.

— Je vais y réfléchir très sérieusement, répondit le marquis. Nous sommes tous fatigués, mais demain, après une bonne nuit de sommeil, nous serons mieux en état d'examiner le problème avec le sang-froid nécessaire.

Ils montèrent ensemble, car le marquis voulait superviser l'installation de Jimmy dans sa chambre.

La première chambre du corridor étant celle de Charles, ce dernier souhaita le bonsoir à ses amis et se retira.

Ils parvinrent ensuite à celle de Mimosa. En ouvrant la porte, elle dit d'un ton hésitant :

— Je crois que je serais plus rassurée si Hunter dormait ce soir avec Jimmy. Si quelqu'un s'introduisait chez lui et l'empêchait d'appeler à l'aide comme cela s'est produit la nuit dernière, Hunter vous réveillerait.

— Excellente idée, convint le marquis, mais acceptera-t-il de rester avec Jimmy ?

Mimosa sourit.

— Si je le lui demande.

Elle se pencha pour faire une caresse au chien qui se tenait debout près d'elle :

— Va avec Jimmy, Hunter. Monte la garde ! Tu es un bon chien !

Un instant, Hunter la regarda en hésitant, car il désirait ardemment rester avec sa maîtresse qu'il adorait.

Jimmy dit alors :

— Allons viens, Hunter ! Viens dormir sur mon lit comme tu le fais quelquefois à la maison.

— Monte la garde, Hunter ! répéta Mimosa.

Le chien, un regard de reproche tourné vers elle, se dirigea lentement vers Jimmy qui se mit à courir dans le couloir.

Hunter se précipita alors à sa poursuite et Mimosa sourit au marquis.

— Bonne nuit, dit-elle, et merci encore de nous avoir ramenés ici sains et saufs.

Tandis que le marquis s'éloignait, il entendit la clef tourner dans la serrure.

Henson, qui avait tout organisé pour que Jimmy dorme dans le cabinet de toilette donnant directement dans la chambre du marquis, les attendait tous les deux.

— Aidez Sa jeune Seigneurie à se mettre au lit, dit le marquis. Il est déjà presque endormi. Il est inutile que vous reveniez ensuite : j'ai l'intention de lire les journaux avant de me coucher.

— Après mon dîner, monseigneur, je reviendrai quand même voir si je ne puis rien faire pour vous, dit Henson avec fermeté.

Le marquis ne discuta pas, mais prit un journal et s'installa dans un fauteuil.

Henson n'eut besoin que de quelques minutes pour aider Jimmy à se déshabiller puis, ayant tiré les rideaux, il pénétra dans la chambre du marquis, laissant la porte entrouverte.

— Je suis sûr qu'il ne se passera rien cette

nuit, dit le marquis, mais avez-vous mis mon pistolet près de mon lit ?

— Oui, monseigneur, et chargé bien sûr !
— Parfait !

Une fois seul, au lieu de se plonger dans la lecture du *Times* qu'il tenait à la main, le marquis se leva pour regarder dans le jardin.

Le soleil baissait à l'horizon, mais il embrasait encore le ciel derrière les arbres. C'était l'heure tranquille du crépuscule où surgit la première étoile, pâle encore dans l'azur translucide. Il n'y avait aucun bruit, à l'exception des cris aigus d'une chauve-souris et des croassements de quelques corbeaux dans les chênes du parc.

Tout était si paisible et si beau qu'il semblait impossible qu'un scélérat tel que Norton Field existe et qu'il complote l'assassinat d'un petit garçon, simplement pour obtenir son titre.

Le marquis sentit tout son être se raidir dans la détermination de surpasser l'ennemi en intelligence et de déjouer ses plans. Il n'en était pas moins forcé de reconnaître que, si jusqu'à présent Norton Field n'avait pu réussir, c'était grâce à une chance miraculeuse plutôt qu'à un éclair de génie de sa part.

— Que diable pouvons-nous faire ? se demanda-t-il.

Puis, se forçant à ne plus penser à toute cette histoire, il se rassit dans le fauteuil et, plaçant ses pieds sur un tabouret, il ouvrit d'un geste décidé le journal à la page de l'éditorial.

Mimosa aussi contemplait la beauté des derniers rayons dorés du soleil.

Elle avait tiré les rideaux de l'une des grandes baies de sa chambre et soulevé la partie inférieure de la fenêtre autant qu'il était possible.

La nature était si belle qu'il paraissait invraisemblable que le mal pût être si proche et les griffes de la mort si menaçantes, alors que la paix tombait doucement sur le monde.

« C'est la troisième fois que Jimmy en réchappe, se dit-elle. Que va tenter de faire cousin Norton la prochaine fois ? » A cette pensée, elle se sentit frissonner. Elle s'écarta de la fenêtre et commença à se déshabiller dans une petite pièce attenante à sa chambre, qui avait dû être conçue à l'origine pour servir de cabinet de toilette.

Elle enleva sa robe du soir en se disant qu'elle avait dû paraître bien terne et ordinaire dans cette tenue, parmi les splendeurs de Héron, à côté de la distinction de ses hôtes dans leurs habits de soirée !

« Peut-être qu'un jour, se dit-elle, quand ce cauchemar aura pris fin, je serai en mesure d'acheter une robe qui ne me donnera pas un air si provincial ? »

Elle ne désirait changer d'allure que pour une raison : plaire au marquis. Elle aurait tant souhaité qu'il l'admire comme il admirait les femmes de la haute société à Londres ! Elle en avait entendu parler par Henson qui avait été d'une grande volubilité sur ce sujet.

— Sa Seigneurie doit trouver l'existence à la campagne bien morne lorsque ses amis n'y séjournent pas, avait-elle dit.

— Il a eu de nombreux invités juste avant que vous n'arriviez, mademoiselle.

— Est-ce que les dames étaient très élégantes et très belles ? avait insisté Mimosa sans parvenir à réprimer sa curiosité.

— Elles brillaient de tous leurs feux et portaient des diamants énormes ! avait répondu Henson avec un large sourire. Et leurs toilettes avaient dû coûter une fortune !

— Étaient-elles spirituelles et amusantes ?

— Elles commencent toutes de cette façon, avait répliqué Henson, mais elles font très vite bâiller Sa Seigneurie, et alors, pffttt ! passez muscade ! elles disparaissent de sa vie et d'autres leur succèdent !

Mimosa pressentait qu'elle n'aurait pas dû permettre à Henson de lui parler de cette façon, mais elle ne pouvait s'empêcher d'éprouver de la fascination.

Elle désirait en savoir davantage sur les goûts et les dégoûts du marquis, pour la simple raison qu'elle n'avait jamais pensé qu'un homme comme lui pût exister. Il était si intelligent et intéressant, et en même temps si bon, si compréhensif !

« Personne d'autre ne m'aurait écoutée quand je suis arrivée ici avec mes histoires à dormir debout », songeait-elle. « Personne d'autre n'aurait pris soin de Jimmy et de moi comme il est en train de le faire. »

Elle se demanda ce qu'il pensait réellement

d'eux en dehors du défi et de cette « campagne militaire » qu'ils représentaient.

Tandis qu'elle refermait la porte de la garde-robe, elle se surprit soudain à penser :

« Peut-être que si je portais une jolie toilette, il m'admirerait. »

Elle ne se demanda pas pourquoi lui venait une telle pensée, mais en regagnant sa chambre, vêtue seulement de sa chemise de nuit, elle pensait toujours à lui.

Elle se regarda dans le miroir, et ce n'était pas son visage qu'elle y voyait, mais ses traits à lui, si beaux.

Elle aurait dû s'asseoir et brosser sa chevelure une centaine de fois, ainsi que sa mère le lui avait enseigné. Au lieu de cela, elle alla de nouveau vers la fenêtre pour jeter un dernier regard à l'or du ciel et aux ombres grandissantes sous les arbres, avant de se mettre au lit.

Au moment où elle se glissait entre les draps, les rideaux qui étaient tirés devant l'autre baie s'écartèrent, et un homme pénétra dans la pièce.

Mimosa essaya de hurler, mais aucun son ne sortit de ses lèvres : Norton Field lui faisait face.

— Pas un bruit, Mimosa ! dit-il d'un ton rude, ou je serai forcé de vous remettre un bâillon !

— Qu'est-ce que... vous faites ? Pour... quoi êtes-vous... ici ? balbutia Mimosa de façon incohérente.

— Je veux vous parler. Je suppose que personne ne viendra nous déranger ?

Au ton persifleur de sa voix, elle le sentit plus menaçant, plus démoniaque encore que dans ses souvenirs.

Alors, tandis qu'elle le regardait, pétrifiée, les yeux agrandis par la terreur, les bras croisés instinctivement sur son buste, elle comprit, d'après son regard, que sa chemise de nuit était très fine et transparente et, dans le contre-jour, très indécente.

Du regard, elle chercha la robe de chambre qu'une femme de service devait avoir déposée pour elle sur une chaise, mais, avec un sourire sinistre, Norton Field ordonna :

— Mettez-vous au lit, Mimosa ! Je puis vous parler là tout aussi bien qu'ailleurs.

Dans sa terreur, elle s'écarta de lui, pieds nus, grimpa sur le lit à baldaquin et tira les draps à elle.

Il la suivit à travers la pièce, en enlevant son manteau qu'il jeta sur une chaise.

Quand il s'assit au bord du lit, elle se recroquevilla pour éviter tout contact. Les vibrations mauvaises qui émanaient de lui étaient si fortes qu'il lui semblait pouvoir les toucher.

Norton Field restait silencieux. Au bout d'un moment, Mimosa l'interrogea dans un chuchotement effrayé :

— Com... comment avez-vous... su que nous étions... de retour ici ?

— Je ne réponds pas aux questions, Mimosa, mais je vais vous dire ce que j'ai l'intention de faire.

Supposant qu'il allait lui parler du nouveau moyen qu'il avait choisi pour tuer Jimmy, elle se tordit les mains si fort que ses doigts en devinrent blancs.

— Comme vous m'avez empêché de supprimer Jimmy de la façon que j'avais prévue, dit Norton Field, j'ai maintenant une autre idée qui, je crois, devrait vous plaire !

Elle comprit qu'il se moquait à nouveau d'elle, et elle réussit à demander avec colère :

— Comment pouvez-vous... parler de... supprimer Jimmy ? C'est diabolique ! et... cruel ! Et si vous faites... cela, vous serez... pris et pendu... comme vous... le méritez.

Norton Field partit d'un éclat de rire qui sonna faux.

— Une vraie diablesse ! En fait, je suis d'accord avec vous. Maintenant que vous avez entraîné le très noble marquis dans l'histoire, un meurtre pourrait en effet être dangereux. C'est pourquoi j'ai quelque chose de différent à suggérer, qui permettra au moins à votre précieux frère de vivre un peu plus longtemps que je ne l'espérais.

— Que voulez-vous... dire ? De quoi... parlez-vous ? balbutia Mimosa.

— Aujourd'hui, quand je vous ai abandonnée à la mort qui aurait dû être la vôtre dans les bois, répondit Norton Field, j'ai pensé qu'il était dommage qu'une personne aussi attirante et dotée d'un aussi joli corps pourrisse bêtement.

— Ainsi, c'est... vous qui... m'avez touchée !

A présent, elle se rappelait qu'elle avait senti la main d'un homme caresser son corps tout entier et la honte lui montait au visage. Rouge de confusion, elle songeait à sa semi-nudité d'alors...

— Oui, c'était moi, reconnut Norton Field, et c'est alors qu'il m'est venu à l'esprit que j'aurais pu organiser les choses de façon très différente, et c'est ce que je compte faire maintenant.

— Et... de quoi... s'agit-il ?

En posant la question, Mimosa sentit sa gorge se serrer. Elle devinait la réponse et craignait de l'entendre : à aucun prix elle ne pourrait accepter pareille humiliation ! Sa sensibilité se révulsait à une perspective aussi horrible, dégradante, terrifiante...

— Ce que j'ai l'intention de faire ? demanda Norton Field. Vous épouser !

En fait, Mimosa s'attendait à tout, sauf à cela. Instinctivement, elle se redressa dans son lit et, pendant un moment, elle ne put que le dévisager.

— Que... dites-vous ? articula-t-elle enfin. Est-ce... encore une plaisanterie ?

— Ce n'est pas une plaisanterie, répliqua Norton Field. Comme vous êtes intervenue dans des arrangements que je croyais pourtant à l'épreuve des embûches, nous allons maintenant aborder les choses d'une façon légèrement différente. Je vais vous épouser, Mimosa, et cela fera automatiquement de moi, avec vous, le tuteur de Jimmy jusqu'à sa majorité !... Nous vivrons confortablement, dans la plus pure tradition des comtes de Petersfield. J'administrerai le domaine, et je veillerai à ce qu'il soit plus rentable qu'il ne l'est aujourd'hui. Bref, j'aurai presque tous les privilèges associés au titre de cinquième comte du nom jusqu'à ce que je le devienne effectivement.

Mimosa le regarda avec horreur et comprit que, bien avant que Jimmy n'atteigne sa majorité, sa mort viendrait d'une façon ou d'une autre faciliter les projets de Norton.

Elle était trop pétrifiée pour parler. Mais, sachant que Norton Field attendait une réponse à sa proposition, elle fit un effort surhumain pour le défier :

— Vous devez être fou pour penser un seul instant que je vous... épouserai ! Je vous exècre, je vous hais ! Vous êtes un criminel, un... meurtrier et, tôt ou tard, vous serez... puni pour vos... crimes !

— Je ne renoncerai pas, et vous ne m'empêcherez pas de faire ce que je veux, répliqua-t-il. De plus, nos relations approuveront toutes un mariage si raisonnable. Un mari tel que moi, votre cher cousin, pour vous aider à prendre soin de Jimmy, pour soigner les intérêts de la famille, c'est idéal !

— Vous ne vous intéressez qu'à vous-même, rétorqua Mimosa avec violence, et je sais que vous avez l'intention de prendre la place de Jimmy ! Pensez-vous réellement qu'étant votre... femme, je pourrais être la complice d'une machination aussi... ignoble, aussi épouvantable ? Que j'assisterais sans mot dire au meurtre de mon propre frère ?

— Vous vous comportez comme je m'y attendais, répondit Norton Field. Ainsi que je vous l'ai déjà dit, vous n'avez pas le choix. Vous accepterez de faire ce que je veux, sans histoires, ou je saurai vous contraindre à m'obéir.

— Vous pouvez me traîner à l'autel, mais vous ne pouvez pas me faire dire que je serai votre femme, répondit Mimosa. Ce serait un blasphème que de prier Dieu de bénir une telle union !

Norton Field ne répondit pas, mais il la regardait toujours avec son sourire sinistre. Et elle en fut encore plus effrayée que lorsqu'il s'était mis en colère contre elle.

— Aussi intelligent que vous soyez, dit-elle, vous ne pourrez jamais m'obliger à accepter d'être votre femme.

— Vous l'accepterez, le moment venu, répondit Norton Field. Qui plus est, j'aime assez que vous me crachiez dessus comme un chat sauvage. Mais je vous dompterai, ne vous faites aucune illusion là-dessus ! D'ici là, interrogez-vous sur la raison qui m'a fait venir dans votre chambre ce soir...

La menace contenue implicitement dans cette étrange phrase empêcha Mimosa de lui répondre.

Alors, tandis qu'elle le regardait fixement, les yeux assombris par la peur, il s'approcha d'elle et dit :

— Après ce soir, Mimosa, vous n'aurez plus le choix de m'épouser ou pas, parce que je vous aurai déjà faite mienne !

C'est seulement quand il eut prononcé les derniers mots que Mimosa comprit son ignoble intention.

D'un geste rapide auquel elle ne s'attendait

nullement, il arracha les draps qui la recouvraient et se jeta sur elle.

Pendant un instant, elle eut du mal à croire ce qui lui arrivait. Puis, sentant le poids de cet homme sur elle et ses mains qui déchiraient sa chemise de nuit, elle hurla, et c'était le cri d'un animal terrifié pris au piège.

Le marquis finissait l'éditorial du *Times*, compte rendu d'un débat à la Chambre des lords auquel lui-même aurait dû assister.

Puis, comme il allongeait la main vers le *Morning Post*, il songea qu'il ferait tout aussi bien d'aller se coucher.

Au-dehors, le jour s'éteignait peu à peu, mais Drogo préféra ne pas allumer les bougies, de peur d'attirer des insectes.

Dans la pénombre, il enleva donc son habit de soirée, le posa sur une chaise, et il défaisait sa cravate quand la porte s'ouvrit avec violence. Henson se précipita dans la chambre et s'écria, le souffle court :

— Monseigneur ! Monseigneur !

— Qu'y a-t-il ? demanda le marquis en se détournant du miroir placé au-dessus de la commode devant laquelle il avait commencé à se dévêtir.

— J'ai découvert qui... qui a informé M. Field... des allées et venues de Sa jeune Seigneurie !

Le marquis resta immobile.

— Quelqu'un de la maison ? questionna-t-il d'une voix brève.

— Le préposé à l'office, monseigneur! C'est lui qui a fait entrer les... hommes la nuit dernière par la porte qui ouvre sur la cour intérieure. Entendant tinter des... pièces d'or dans sa poche... je l'ai forcé à... cracher tout ce qu'il savait! Il prétend qu'il en a reçu... cinq de plus... ce soir pour... laisser entrer M. Field dans la... maison!

— Il est dans la maison maintenant? En ce moment?

— Oui, monseigneur!

Henson éprouvait encore une certaine difficulté à parler:

— M. Field est chez... la demoiselle! poursuivit-il en haletant. Il... est entré dans sa chambre pendant que vous... dîniez!

L'espace d'un instant, le marquis regarda fixement Henson comme s'il n'était pas sûr d'avoir bien entendu, puis, traversant rapidement la pièce, il ramassa son pistolet au passage, et se précipita dans le corridor.

Ce faisant, il se souvint d'avoir entendu Mimosa fermer sa porte à clef. Field était déjà dissimulé dans sa chambre quand elle s'y était enfermée!

Il ouvrit donc la porte du boudoir attenant à sa propre chambre et le traversa avec précaution dans l'ombre, car les rideaux étaient tirés; il avait presque atteint la porte de communication quand il entendit Mimosa hurler. Il se rua dans la pièce et entendit Mimosa hurler à nouveau, plus sourdement, mais avec une terreur indicible.

Le cri provenait du lit. Le marquis, comprenant ce qui se passait et voyant la jeune femme se débattre sous son agresseur, jeta son pistolet sur un fauteuil.

Puis, avec l'agilité d'un athlète, il bondit sur l'homme qu'il désirait tant capturer depuis la veille. Il avait l'avantage de la surprise, de la position, et une force que décuplait la fureur. Mais Norton Field ne s'en défendit pas moins vigoureusement.

Cependant, l'horreur et le dégoût que Drogo éprouvait pour son adversaire le rendaient invincible. A la fin, saisissant l'ignoble agresseur, il le traîna jusqu'à la fenêtre et le jeta par-dessus bord.

Aux jurons succéda le hurlement de la chute. On entendit un choc mou, mais le marquis se souciait fort peu de son sort et, en hâte, il revint vers le lit de Mimosa. Celle-ci s'était déjà mise sur son séant et, tirant sur les lambeaux de sa chemise de nuit, s'efforçait de couvrir ses seins nus. Elle tremblait comme une feuille, encore sous le choc de cet attentat monstrueux. Le marquis s'approcha d'elle quand il s'aperçut que Henson l'avait suivi par la porte de communication.

— Henson, allez voir en bas ce qu'est devenu ce porc ! dit-il d'un ton brusque. Et mort ou vif, nettoyez mes terres de sa présence.

Sans un mot, le valet traversa la chambre en courant, déverrouilla la porte qui menait au couloir et sortit en la refermant derrière lui.

Alors Drogo se tourna vers Mimosa et, dans la pénombre du crépuscule, s'exclama :

— Tout va bien ! Il ne vous tourmentera plus

jamais. Vous devez essayer d'oublier ce qui s'est passé.

Les mots importaient peu, mais Mimosa, qui frémissait encore d'horreur et de dégoût, perçut immédiatement la douceur de la voix du marquis. C'était un baume sur ses plaies. Et elle en fut si émue qu'elle éclata en sanglots.

Il l'entoura de ses bras et la serra contre lui, en répétant gentiment :

— Tout va bien, Mimosa ! Tout est fini ! Jimmy et vous-même êtes en sécurité maintenant.

Mais il voyait qu'elle était trop bouleversée pour rien entendre, rien comprendre. Secouée de hoquets douloureux, telle une enfant affolée, elle n'avait plus conscience que de son immense détresse et se réfugia instinctivement dans les bras de Drogo. Lui, impuissant à la calmer, sentait les larmes de la jeune fille tremper la fine chemise de lin qu'il portait, mais il se garda de bouger, espérant la rassurer un peu par sa seule présence.

— Tout va bien ! répétait-il pour la centième fois. Vous avez été très, très courageuse. Maintenant, oubliez cela, oubliez-le, il ne s'est rien passé.

Mimosa finit par cesser de sangloter ; ses larmes ruisselaient toujours, mais presque paisiblement.

— C'est terminé !... terminé ! répétait toujours le marquis. Maintenant, vous allez sourire, vous serez heureuse, et je ne verrai plus, plus jamais, cette angoisse au fond de vos yeux... cette angoisse que vous traîniez depuis notre première rencontre... plus jamais !

Après une pause, Mimosa demanda :
— Il... il est... mort ?
— Je l'espère bien ! répondit le marquis farouchement. Cela arrangera tout le monde. Et nous n'aurons pas à répondre aux indiscrets puisqu'on ne le découvrira pas sur mes terres. Nous en saurons davantage au retour de Henson.
— Il... il m'a terrorisée ! murmura Mimosa. Il est... horrible... répugnant !
— Je sais, acquiesça le marquis, mais je suis arrivé à temps, et tout ce qu'il vous reste à faire maintenant, c'est oublier qu'il vous a jamais approchée.
Le corps tout entier de Mimosa fut secoué d'un frisson et le marquis poursuivit :
— Mettez-vous simplement dans la tête qu'il est fou, déséquilibré, que c'est un animal. Il ne savait pas ce qu'il faisait.
— Il... a dit... qu'il fallait que je... l'épouse.
Le marquis se raidit d'étonnement.
— L'épouser ? Mais pourquoi ?
— Pour qu'il... puisse ainsi devenir légalement... le tuteur de Jimmy... un certain temps, jusqu'à ce qu'il... parvienne à le tuer !
Le marquis resta comme hébété. Voilà une chose qu'il n'avait pas envisagée, vraiment ! Et il se blâma de n'avoir pas songé à un plan aussi monstrueux. Effectivement, si Field était devenu le tuteur de Jimmy, il aurait pu, sans aucune difficulté, tramer à loisir son accession au titre de comte de Petersfield.
A voix haute, pour calmer Mimosa, il dit :
— Quels qu'aient pu être ses projets, il faut

les oublier désormais, les oublier, Mimosa ! Il ne viendra plus jamais vous faire de mal. Cela, je peux vous le garantir !

Mimosa se cramponna à lui.

— Il... disait qu'après cette nuit... je serais... obligée de l'épouser... parce que je n'aurais... pas le choix. Puis il s'est jeté sur moi... mais... mais... je n'ai pas compris... ce qu'il voulait dire.

Le marquis resta un moment silencieux : c'était inouï ! Dans son innocence, Mimosa n'avait sincèrement aucune idée de ce que Field avait eu l'intention de faire ! Elle était en fait seulement horrifiée de sa violence et dégoûtée qu'il eût déchiré sa chemise de nuit et touché son corps nu.

Ne voulant pas qu'elle continue à se poser des questions sur quelque chose que personne ne lui avait jamais expliqué, il dit d'un ton apaisant :

— Field a la réputation d'être un roué, et je peux seulement imaginer que ce soir, après vous avoir dit sa détermination de vous épouser, il vous a trouvée si attirante qu'il n'a pas voulu attendre pour vous embrasser.

— Il ne m'a pas... embrassée ! protesta Mimosa. Il a seulement arraché ma chemise... et... il s'est... couché... sur moi !

— N'y pensez plus... ! dit le marquis d'une voix brève. Il devait être ivre et, de toute façon, c'est un homme qui n'a pas la moindre idée de ce qu'un gentilhomme peut faire ou non. Et en plus, il était décidé à commettre un meurtre !

Mais, se rendant compte que Mimosa était encore intriguée, il ajouta :

— Vous avez été si courageuse jusqu'à présent ! Je ne connais aucune femme qui se serait comportée aussi magnifiquement que vous l'avez fait. Surtout après avoir été bâillonnée, attachée et enfermée dans ce fourgon à chevaux.

— J'avais... très peur ! avoua Mimosa. Mais pas... autant... que lorsque je me suis trouvée seule avec... cousin Norton... tout à l'heure !

Le marquis, comprenant ce qu'elle éprouvait, se dit qu'il devait la réconforter.

— Si vous vous découragez maintenant, que vais-je pouvoir faire au sujet de Jimmy ? demanda-t-il. Il faut vous ressaisir, allons ! Pour vous-même, et pour lui. Il peut vous paraître inconvenant de vous réjouir d'être débarrassés de votre cousin, mais franchement, moi, j'en suis ravi ! L'avenir cesse d'être préoccupant, non ?

Il fit une pause, avant de poursuivre d'un ton plus léger et même un peu taquin :

— J'ose espérer que vous n'avez plus de cousins du même acabit ?

— Non, bien sûr que non ! s'écria Mimosa. Et je viens de penser que ce serait une erreur de... d'impressionner Jimmy. Il ne faut pas qu'il apprenne ce... qui s'est passé ici ce soir.

— J'étais justement en train de me dire qu'il vaudrait mieux que personne ne l'apprenne, dit le marquis. Personne. Je vais regarder par la fenêtre et vérifier si l'on ne peut rien voir.

Le marquis défit son étreinte, et Mimosa se laissa retomber à contrecœur sur les oreillers.

En se levant, il rabattit sur elle les draps que Field avait arrachés. Quoiqu'il fît désormais très sombre, il constata qu'elle les ramenait jusqu'à son menton. Il se pencha par la fenêtre, mais ne vit aucune trace ni de Norton Field, ni de Henson.

Il lui semblait pourtant avoir entendu, tandis que Mimosa pleurait dans ses bras, un bruit de roues qui s'éloignait. Il y songeait encore lorsqu'on frappa à la porte. Avant même qu'il n'eût pu répondre, Henson entra.

— Tout va bien, monseigneur.

— Qu'avez-vous fait ? demanda le marquis.

Henson le rejoignit près de la fenêtre.

— Quand je suis arrivé auprès de lui, il respirait encore, mais il était inconscient, monseigneur. Je crois bien qu'il s'est brisé le dos et un bras. Il s'était aussi fait une vilaine plaie sur le front en tombant... Du sang partout.

Sans un mot, le marquis écouta Henson poursuivre son récit :

— Je l'ai soulevé et déposé dans sa voiture. Le vieil homme qui l'avait amené m'a demandé ce qui s'était passé. « Votre maître a eu un accident, ai-je répondu. Ramenez-le là où il séjournait, et envoyez chercher un médecin. Vite, dépêchez-vous ! »

Henson changea de ton pour ajouter :

— Il est parti tout de suite, monseigneur, mais je parierais volontiers que M. Field ne sera plus de ce monde quand il atteindra sa destination.

— Bien ! dit le marquis. Qui, en dehors de nous, sait ce qui s'est passé ?

— Personne, monseigneur, répondit Henson. Personne ne dort dans la partie du château qui donne sur la façade, Votre Seigneurie le sait bien. Toutes les fenêtres du personnel ont une vue sur l'autre côté.

Le marquis acquiesça d'un signe, et Henson poursuivit :

— Le palefrenier ou l'homme — quel qu'il soit — qui conduit M. Field peut bien essayer de nous accuser, mais nous pourrons toujours nier, et ce sera sa parole contre la nôtre, n'est-ce pas ?

— Merci, Henson. Vous avez été parfait, comme toujours ! dit le marquis.

Henson eut un large sourire et emprunta la porte de communication avec le boudoir pour sortir.

Le marquis alluma une bougie au chevet du lit, puis traversa la chambre pour tirer les rideaux.

Quand il revint, tout ce qu'il pouvait voir de Mimosa, c'étaient ses yeux immenses qui l'observaient par-dessus le drap dont il l'avait recouverte.

— Je... j'ai entendu ce que Henson vous a dit, murmura-t-elle tandis qu'il s'asseyait à nouveau près d'elle. Il n'y a donc... plus rien... à craindre ?

— Plus rien, confirma le marquis. Plus rien. Soyez tranquille.

— J'ai tant de mal à le croire ! chuchota Mimosa.

— Vous y croirez dans la matinée quand vous découvrirez un monde tout propre depuis que votre cousin ne s'y trouve plus.

— Et Jimmy est en sécurité.

— Naturellement, Jimmy n'a plus rien à craindre, et vous non plus !

Il sourit avant d'ajouter :

— Après mon départ, éteignez la bougie et essayez de dormir un peu. Et rappelez-vous, si quoi que ce soit venait à vous faire peur, Jimmy et moi-même nous trouvons à peine à deux portes de la vôtre.

Elle lui sourit, et il comprit que cela ne lui demandait plus le même effort qu'auparavant.

— Vous... m'avez sauvée ! murmura-t-elle.

— Oui, et cette fois est la dernière ! ajouta le marquis. Car c'est une chose que je n'aurai plus besoin de faire. Bonne nuit, Mimosa. Souvenez-vous : désormais, tout ira bien, et Jimmy et vous êtes enfin libres d'être heureux.

— J'essaierai... de m'en souvenir, répondit Mimosa, et elle lui sourit encore une fois.

Alors, tandis qu'elle l'entendait s'éloigner le long du couloir en direction de sa propre chambre, elle sentit ses yeux se remplir à nouveau de larmes, mais c'étaient cette fois des larmes de bonheur et de soulagement.

Elle était en sécurité, et le marquis était encore plus merveilleux qu'elle ne l'avait pensé.

— Je l'aime, murmura-t-elle, et il lui paraissait juste et naturel de l'aimer ainsi.

6

Quand Mimosa et Jimmy descendirent pour le petit déjeuner, ils ne trouvèrent que Charles.

— Vous sentez-vous mieux ? demanda-t-il.

— Beaucoup mieux, merci, répondit Mimosa.

— Y a-t-il eu d'autres événements ? demanda Jimmy, très excité.

Charles secoua la tête négativement.

Sur la longue desserte étaient disposés toutes sortes de mets dans de grands plats d'argent. Ils venaient chacun de faire son choix et se disposaient à se mettre à table lorsque le marquis fit son entrée.

Ayant jeté un regard circulaire comme pour s'assurer qu'aucune oreille indiscrète ne pouvait l'entendre, il déclara :

— Je viens d'apprendre une bonne nouvelle ! Norton Field a eu un accident. Il est mort voilà une demi-heure environ à l'Auberge de la Poste, celle qui se trouve au bord de la grand-route. Il y avait pris pension, paraît-il.

Un long silence accueillit ces mots, puis Jimmy s'exclama :

— Cela veut dire qu'il ne peut plus rien faire contre nous ?

— Exactement ! répondit le marquis. J'ai donc donné des ordres pour qu'une voiture vienne vous chercher tous les deux et vous ramène immédiatement chez vous.

Une expression d'étonnement passa dans le regard que Mimosa fixait sur lui.

— Il me paraît important, poursuivit le marquis, que le médecin qui s'est occupé de votre cousin ne puisse établir aucun lien entre lui, vous et Héron. Il viendra sûrement très vite vous faire part du décès.

— Bien sûr... je comprends, dit Mimosa d'une voix très basse.

Le marquis se tourna vers Charles.

— Vous et moi, Charles, dit-il, nous partons également pour Londres.

— Cela me paraît raisonnable, reconnut celui-ci.

— Il nous faudra tous prendre un air ahuri quand on nous parlera de sa mort et de l'inexplicable accident qui l'a entraînée. Vous, Jimmy, vous assisterez aux obsèques. Elles seront discrètes, bien évidemment, mais il n'est pas nécessaire que votre sœur vous y accompagne.

Mimosa eut un petit soupir de soulagement.

Le marquis allait poursuivre, lorsque la porte de l'office s'ouvrit : un serviteur entra, apportant une deuxième cafetière pleine de café brûlant qu'il posa à côté de son maître.

Pour donner le change, Charles annonça d'un ton très naturel :

— A propos, je viens de lire dans le *Times* que Sir Alexander Barclay vient d'arriver au 60, Park Street. Cela doit signifier que l'occupation de la France prend fin.

— C'est une bonne chose ! s'exclama le marquis sur le ton de la conversation. Nos soldats y étaient beaucoup trop oisifs, et les Français nous haïssent.

Le serviteur quitta la pièce et Mimosa se leva de table.

— Si nous devons partir sur-le-champ, dit-elle, il vaut mieux que je monte me préparer.

— J'ai déjà donné des ordres pour qu'on emballe vos affaires, dit le marquis. Les vôtres et les miennes, Charles, nous suivront avec Henson.

Un quart d'heure plus tard, Mimosa descendait l'escalier avec un simple châle sur sa robe de mousseline et un petit chapeau de paille tressée posé sur ses cheveux blonds. Elle avait trouvé, comme le lui avait annoncé le marquis, tous ses effets déjà emballés. Il ne lui restait donc, une fois sa tenue complétée, qu'à faire ses adieux à la plus ravissante chambre qu'elle eût jamais vue, puis à Héron même.

« Un séjour bien bizarre ! » pensa-t-elle. Des heures épouvantables, d'autres qui l'avaient transportée dans un univers féerique de bonheur et de beauté parfaite...

Ces heures-ci, incontestablement, elle ne les devait qu'au marquis... Et tandis qu'elle se tenait devant la fenêtre par laquelle il avait précipité Norton Field, elle s'avouait qu'elle l'avait aimé presque au premier regard, jadis, lors de leur première rencontre.

Elle n'était alors qu'une enfant, et pourtant, depuis, elle n'avait cessé de songer à son beau visage, à sa forte personnalité.

« Je l'aime ! » confia-t-elle au lac brillant sous le soleil.

« Je l'aime ! » dit-elle aux chênes sous lesquels les daims cherchaient déjà à s'abriter de la chaleur.

Hélas ! Elle ne le reverrait plus ! Il était si peu vraisemblable qu'elle fût jamais réinvitée à Héron... Plus jamais le marquis ne l'enlacerait, plus jamais elle n'éprouverait cet émerveillement... Oh, ce n'était pas seulement Jimmy qu'il avait tiré des griffes de Norton Field ! Elle-même...

« Aucun homme ne saurait lui être comparé ! » se dit-elle. Mais, maintenant, il fallait lui dire adieu. Le conte de fées qu'elle avait vécu depuis son arrivée à Héron s'achevait brusquement sur cette tragédie de mort et surtout de séparation...

Alors, comme Jimmy l'appelait, elle se détourna de la fenêtre, et regarda les exquises sculptures du lit doré dans lequel elle avait dormi.

Elle ne se souvenait même plus, en le contemplant, de l'enlèvement, de la tentative de viol dont elle avait ensuite été victime, ni de sa chemise de nuit déchirée par les mains brutales de Norton Field.

Elle ne songeait qu'au réconfort, à la paix puisés dans les bras du marquis, là, blottie contre son épaule, tandis qu'il parlait avec tant de douceur.

— Mimosa ! Les chevaux attendent ! cria de nouveau Jimmy du haut des escaliers.

Elle jeta un dernier regard à la pièce où tant d'événements dramatiques étaient arrivés, mais elle n'en sentait que la majesté séculaire...

— J'arrive, Jimmy ! cria-t-elle enfin, le cœur navré.

Hunter gambadant à ses côtés, elle rejoignit son frère sur le palier, et ils descendirent main dans la main jusque dans le hall d'entrée où le marquis et Charles les attendaient.

— Sa Seigneurie a déjà renvoyé nos chevaux à la maison avec deux garçons d'écurie, dit Jimmy.

— Oui, j'ai jugé plus convenable que vous

rentriez chez vous en grand équipage. J'espère que vous trouverez ma calèche à votre goût.

— J'aurais préféré monter un de vos chevaux, répliqua Jimmy. Est-ce qu'un jour je pourrai de nouveau en monter un ?

Mimosa posa sa main sur l'épaule de son frère.

— Il ne faut pas demander des choses pareilles ! l'admonesta-t-elle gentiment. Remercie plutôt Sa Seigneurie de toutes les bontés qu'elle a eues pour nous.

— J'imagine que vous en aurez un à vous, plus tard, dit le marquis après un long silence. Mais comme nous sommes voisins, nous ne pourrons manquer de nous revoir à l'avenir. Prenez bien soin de votre sœur, Jimmy.

Il vit que Jimmy était déçu et il se tourna rapidement vers Mimosa :

— Au revoir, Mimosa ! Je suis heureux que tout se soit terminé pour le mieux.

— Et c'est à vous que nous le devons, monseigneur, répondit la jeune fille. Vous savez... nous vous en sommes tellement, tellement reconnaissants !

Elle éprouvait de la difficulté à s'exprimer car les larmes n'étaient pas loin de parler un autre langage.

Comme si le marquis en avait été conscient, il se tourna vers la porte du perron, où attendaient les valets de pied.

Mimosa descendit lentement, et au moment d'atteindre la calèche, Charles, qui était à ses côtés, lui dit d'une voix basse qu'elle seule pouvait entendre :

— Si vous aviez un ennui quelconque, faites-le-nous savoir. Vous savez que nous sommes tout disposés à vous aider.

Elle leva la tête et lui dédia un long regard de gratitude où il put lire toute sa détresse.

Alors, comme il lui était impossible de dire un mot, elle monta dans la superbe calèche du marquis. Jimmy grimpa à son tour et s'assit à côté d'elle. Hunter sauta sur le siège qui leur faisait face.

Le valet de pied ferma la portière, et les chevaux se mirent immédiatement en route tandis que Jimmy agitait la main en signe d'adieu.

Cependant, Mimosa ne pouvait détacher ses yeux du marquis : celui-ci était resté debout au milieu du perron, mais elle n'avait de lui qu'une image floue, vaguement déformée par les larmes qui perlaient au bord de ses cils. Alors, ils franchirent le pont sur le lac, et Héron disparut dans le lointain.

Le marquis n'avait pas attendu que les grands chênes lui dérobent ses invités. Il avait regagné le hall, et comme Charles l'y rejoignait, il dit d'une voix brève :

— Êtes-vous prêt ? Plus tôt nous serons partis d'ici, mieux cela vaudra.

— Je suis prêt, répondit Charles. Mais je suis désolé pour ces deux pauvres enfants qui vont avoir à supporter la bouffonnerie d'un deuil pareil ! Faire semblant de regretter ce démon ! Et dire que personne, sauf nous, n'a la moindre idée du monstre que c'était... !

Le marquis s'écarta sans mot dire et entra dans son bureau pour y prendre quelques papiers.

Charles, qui l'avait suivi, demanda alors :

— J'imagine que tout s'arrangera pour eux ?

— Et pourquoi pas ? répliqua le marquis d'un ton irrité.

— Ils me semblent si vulnérables ! s'exclama Charles. A propos, vous avez dû vous apercevoir que Mimosa était amoureuse de vous ?

Pendant un moment, il y eut un silence, puis le marquis lança :

— Absurde ! Ce n'est qu'une enfant !

— Elle en a peut-être l'aspect, protesta Charles, mais comme vous avez pu le constater, c'est une jeune fille extrêmement intelligente et dépourvue d'affectation. Il n'est donc nullement surprenant qu'elle vous ait donné son cœur.

— Ça lui passera.

Il y eut un nouveau silence.

— Compte tenu des épreuves que vous avez traversées ensemble, reprit Charles, je m'étais dit — aussi surprenant que cela paraisse — que vous éprouviez peut-être un peu de tendresse pour elle.

— Mon cher Charles, rétorqua le marquis d'un ton acerbe, vous comprenez bien que je ne puis rien avoir de commun avec une jeune fille qui n'est somme toute rien d'autre qu'une jolie rustaude provinciale ?

Tout en parlant, il ramassait ses papiers. Enfin il sortit résolument dans le hall sans un seul regard en arrière et descendit le perron jusqu'à son phaéton.

Sans parvenir à déguiser son étonnement, Charles le suivit et s'installa face à lui. La mine renfrognée du marquis lui fit deviner que leur retour à Londres n'allait pas être particulièrement agréable.

Pourtant il ne dit rien, mais, tout en s'installant confortablement sur la banquette, il se demandait si en cet instant précis Mimosa était encore aussi malheureuse qu'elle l'avait cru au moment du départ.

Si Mimosa demeurait silencieuse, Jimmy, lui, ne cessait de jacasser comme une pie, harcelant sa sœur de questions, tandis qu'ils franchissaient les portails d'entrée :

— Pourquoi fallait-il rentrer chez nous, Mimosa ? Quel genre d'accident a eu cousin Norton ? Pourquoi ne pouvions-nous rester plus longtemps à Héron ? J'aurais tant aimé monter les chevaux du marquis sur son champ de courses et pêcher dans le lac !

Sa sœur ne répondant rien, il poursuivit au bout d'un moment :

— Ce n'est pas juste qu'il soit si riche et nous si pauvres ! Et ne me dis pas que j'ai de la chance d'avoir Buster et Silver pour monter ! Ils sont vieux, poussifs. Moi, je veux un cheval rapide.

— Je sais... je comprends, dit Mimosa d'une voix étranglée, mais je ne... pense pas que nous... que nous... en ayons les moyens.

— Pourquoi pas ? demanda Jimmy. Maintenant que grand-père est mort et que c'est moi le comte, je suis sûr que nous pouvons trouver un peu d'argent, comme papa l'aurait fait s'il vivait encore.

— Jimmy ! s'exclama-t-elle d'une voix changée. Tu me donnes une idée !

— Laquelle ?

— Je viens de me souvenir qu'au petit déjeuner le major Toddington a dit que Sir Alexander Barclay était de retour à Londres. Tu sais qui c'est ?

— Non, qui ? demanda Jimmy sans curiosité excessive car il continuait à penser aux chevaux.

— Un général. Papa était sous ses ordres, et je me rappelle papa disant que c'était un homme merveilleux.

— Et alors ? Je ne pense pas qu'il me donne un cheval correct, dit Jimmy sobrement.

— Pourtant, je pense qu'indirectement il serait très capable de le faire, répondit Mimosa.

— Comment cela ?

— Je réfléchissais, pendant notre séjour à Héron, à l'excellente gestion du domaine et aux cultures extensives qu'on y pratique, tandis que nos terres, pardon ! les tiennes, Jimmy, qui ont été tristement négligées, sont à peu près ruinées.

Jimmy l'écoutait, essayant de comprendre ce qu'elle était en train de dire.

— Je vais te dire ce que nous allons faire, poursuivit-elle. Nous irons à Londres.

— A Londres ? s'exclama Jimmy, étonné. Quoi faire ?

— Rendre visite à Sir Alexander Barclay et lui demander s'il connaît quelqu'un qui pourrait gérer le domaine pour toi jusqu'à ce que tu sois en âge de le faire toi-même. Quelqu'un d'intelligent, j'en suis sûre, trouverait les moyens de le rendre prospère comme il devrait l'être.

— Tu penses que je pourrai alors avoir des chevaux ? demanda Jimmy, revenant à la charge sur le sujet qui l'intéressait le plus.

— Oui, j'en suis certaine, répondit Mimosa. Tu pourras avoir des chevaux, nous restaurerons la maison et nous aurons des serviteurs jeunes pour remplacer les nôtres qui sont très âgés. La plupart auraient dû prendre leur retraite depuis longtemps !

— Si c'est cela que le général de papa pourrait faire pour nous, alors partons tout de suite pour le voir !

— Nous le ferons, promit Mimosa, dès que cousin Norton aura été enterré.

Une semaine plus tard, Mimosa et Jimmy partirent pour Londres.

Comme la distance n'était pas considérable, Mimosa décida qu'ils pouvaient s'offrir le luxe de louer une chaise de poste. Au demeurant, la course était trop fatigante pour leurs propres chevaux.

Ils quittèrent donc leur maison après un déjeuner avancé pour la circonstance, car Mimosa souhaitait voir Sir Alexander Barclay avant de passer à Petersfield House, dans Brook Street, où Jimmy et elle devraient peut-être demeurer quelque temps.

Comme la maison n'avait pas été ouverte depuis au moins dix ans et qu'il y avait seulement deux vieux gardiens pour l'entretenir, elle ne s'attendait ni à un accueil bien chaleureux, ni à un confort exceptionnel.

Elle avait donc décidé que si Sir Alexander

ne pouvait leur venir en aide, ils repartiraient pour la campagne le soir même.

Elle savait qu'il était incorrect de faire des visites dans la haute société avant trois heures de l'après-midi. Aussi était-il exactement trois heures moins deux minutes quand la chaise de poste les déposa au 60, Park Street.

Mimosa se sentait un peu nerveuse. Comment Sir Alexander les accueillerait-il ? Bien ou mal ?

Et pourtant, elle était certaine qu'il se souviendrait de leur père et que dès qu'elle aurait expliqué les difficultés de leur situation, il serait prêt à les aider.

Ayant prié le cocher de les attendre, elle escalada le perron tandis que Jimmy soulevait déjà le heurtoir d'argent de l'imposante porte d'entrée.

Un serviteur âgé vint ouvrir. Son aspect était exactement celui d'un maître d'hôtel de bonne maison.

Il y avait deux valets de pied de service, et Mimosa devina à l'élégance de leur maintien qu'ils avaient été soldats dans le régiment de son père.

— Voudriez-vous demander à Sir Alexander Barclay s'il aurait la bonté de recevoir le comte de Petersfield et lady Mimosa Field ? demanda-t-elle de sa voix douce.

— Sa Seigneurie reçoit cet après-midi, répondit le maître d'hôtel, je vais vous annoncer à madame, mademoiselle.

Mimosa ne put cacher sa surprise : elle n'avait pas imaginé que Sir Alexander pût être marié.

A la suite du maître d'hôtel, Jimmy et Mimosa traversèrent le hall, qui était petit mais bien meublé. Ils l'entendirent annoncer d'une voix de stentor :

— Lady Mimosa Field, et le comte de Petersfield, madame.

Pendant un instant, Mimosa retint sa respiration. Puis elle aperçut deux personnes à l'autre bout d'une pièce élégante et ensoleillée. Sir Alexander, qu'elle détailla le premier, ressemblait trait pour trait à l'image qu'elle s'en était faite.

D'âge moyen, les tempes grisonnantes, c'était un bel homme au visage autoritaire. On voyait tout de suite qu'il avait l'habitude de commander.

Il se leva pour les accueillir en demandant d'une voix de basse :

— Êtes-vous réellement les enfants de Julian Field qui a servi dans mon régiment ?

— C'était notre père, acquiesça Mimosa.

La dame qui s'était également levée pour aller à leur rencontre poussa soudain un cri.

— Les enfants de Julian ! J'avais l'intention d'aller vous voir dès notre retour à Londres, et voici que vous me devancez !

Malgré ses cheveux gris, lady Barclay était une femme encore très attirante et, comme Mimosa le constata au premier regard, extrêmement élégante.

Elle tendit les deux mains à Mimosa, puis à Jimmy et dit :

— Quelle joie d'avoir votre visite sitôt après notre arrivée ! Comment va votre mère ?

— Maman... est morte, répondit Mimosa.

— Oh, ma chère enfant, je suis désolée ! s'exclama lady Barclay. Je n'en avais pas la moindre idée. Comme vous le savez probablement, nous vivions à Paris où nous avions très peu de contacts avec l'Angleterre.

— Si nous nous asseyions ? interrompit Sir Alexander. Vous serez plus à l'aise pour nous raconter ce que vous faites à Londres. J'ai l'impression que vous devez avoir un motif très sérieux. Au demeurant, croyez-le, nous sommes ravis de vous rencontrer !

— Notre père avait une très grande affection pour vous, dit Mimosa. Il nous parlait très souvent de son admiration pour le général. Aussi, quand j'ai appris par le *Times*, voilà une semaine environ, que vous étiez arrivés à Londres, j'ai pensé qu'il vous serait peut-être possible d'aider mon frère.

— Nous en serions trop heureux, dit lady Barclay. Je suppose que vous savez que votre père, que nous aimions infiniment, a sauvé la vie de mon mari ?

— Non... Je l'ignorais, murmura Mimosa.

— Eh bien, il l'a fait ! s'exclama lady Barclay en souriant. Vous pouvez imaginer combien je lui en suis reconnaissante, et comme je suis triste qu'il n'ait pas vécu pour me permettre de lui exprimer ma gratitude !

— Comment papa vous a-t-il sauvé la vie, monsieur ? intervint Jimmy.

— Je vous raconterai cela une autre fois, répondit Sir Alexander. D'abord, je veux que votre sœur me dise de quelle façon je puis vous venir en aide.

Il regarda Mimosa qui, au bout d'un moment, dit d'une voix un peu hésitante :

— Je... J'ai lu dans les journaux qu'il y avait de nombreux hommes... qui étaient démobilisés... et qu'il était souvent très difficile pour eux de retrouver un emploi. J'ai donc... pensé que vous pourriez peut-être... nous recommander quelqu'un susceptible de s'occuper de la gestion des terres jusqu'à ce que Jimmy parvienne à l'âge de s'en occuper lui-même.

— Nous voulons gagner de l'argent, intervint Jimmy qui voulait placer son mot, pour que j'aie des chevaux, de bons chevaux que je puisse monter. Grand-père était si vieux que tout a été très négligé.

— C'est exact, ajouta Mimosa avant que Sir Alexander pût parler. Il avait quatre-vingt-dix ans quand il est mort, voilà quelques mois, et comme il était très malade durant les dernières années de sa vie, tout a été, je le crains, affreusement négligé.

— Vous n'avez aucun parent qui vive avec vous ? s'enquit lady Barclay d'une voix pleine de sympathie. Pas de chaperon ?

Mimosa secoua la tête.

— Je suppose... qu'en réalité, je devrais en avoir un, répondit-elle, mais je n'ai guère eu le temps d'y songer. Et je crains que nous ne soyons... trop gênés... pour... rémunérer ses services.

— Quel âge avez-vous ? interrogea lady Barclay de façon inattendue.

— J'ai... dix-huit ans, répondit Mimosa.

— Mais chère ! vous devriez déjà avoir fait votre révérence à Buckingham Palace et éprouvé les plaisirs d'une saison à Londres.

Mimosa se mit à rire.

— C'est tout à fait impossible. Les frivolités ne sont pas du tout à notre portée.

Tout en parlant, elle avait l'impression que lady Barclay examinait sa tenue de voyage bon marché, sa pèlerine démodée, et elle était un peu honteuse du contraste frappant entre ses propres vêtements et l'élégance de la maîtresse de maison. Celle-ci se tourna vers son ami.

— Alexander, dit-elle, nous devons faire quelque chose pour ces enfants, n'est-ce pas ? Car j'ai l'impression que vous pensez comme moi.

Sir Alexander sourit.

— Vous savez bien que je donnerai mon accord à toutes vos suggestions, ma chérie.

— Je suggère, dit lady Barclay à Mimosa, que, pendant que mon mari cherche la personne qui pourra s'occuper des terres et du domaine de votre frère — et je sais qu'il trouvera exactement ce qu'il vous faut —, vous restiez tous les deux ici avec nous !

Mimosa la regarda avec stupéfaction, les yeux écarquillés, incapable de souffler mot. Lady Barclay poursuivit :

— C'est bien la moindre des choses que nous puissions faire pour la fille de Julian Field que de l'introduire dans la haute société et nous acquitter ainsi un peu de l'énorme dette de gratitude que nous avons contractée envers lui.

Mimosa dévisagea d'abord lady Barclay comme si elle n'avait pas bien entendu.

— Vous voulez dire... vous voulez vraiment dire... ?

— Je veux dire, répondit lady Barclay, qu'une beauté comme la vôtre, ma chère enfant, devrait briller comme une étoile au firmament de la société. Aussi, tandis que mon mari s'occupera des terres et des chevaux de votre frère, nous allons, vous et moi, vérifier si Londres est capable de fournir les toilettes qui donnent aux femmes l'aspect d'oiseaux du paradis !

Mimosa dormit cette nuit-là dans une chambre très confortable située à l'arrière de la maison de Park Street : c'était une nouvelle attention de lady Barclay, pour qu'elle ne soit pas dérangée par les bruits de la circulation. De nouveau, elle avait l'impression de vivre un rêve. Sir Alexander et sa femme les avaient pris en charge, son frère et elle, à peu près comme l'avait fait le marquis quand elle était allée lui demander son aide.

Ils avaient donc renvoyé leur chaise de poste et emménagé avec Hunter au 60 Park Street, avec l'impression délicieuse qu'on n'attendait qu'eux.

Tandis que Jimmy bavardait comme une pie et sans la moindre timidité avec Sir Alexander, lady Barclay disait :

— Vous êtes ravissante, vous ressemblez étonnamment à votre mère. Je me souviens, lorsque j'ai fait sa connaissance, d'avoir pensé :

Voici la plus belle femme que j'aie jamais vue !

— Comme c'est aimable à vous de dire cela ! répondit Mimosa. Hélas ! après la... mort de papa, maman cessa de s'intéresser à... quoi que ce soit. Elle maigrit considérablement, dépérit, et les rides du chagrin commencèrent à la défigurer.

— Je comprends qu'elle ait été malheureuse, dit lady Barclay. Votre père était un homme charmant, exquis. Aussi mon mari et moi le préférions-nous à tout autre officier du régiment.

— Si seulement il était encore en vie ! soupira Mimosa. Je suis sûre qu'il n'aurait jamais laissé la maison et le domaine se dégrader ainsi.

— Sûrement, reconnut lady Barclay, mais ne vous tracassez pas. Mon mari adore s'occuper de ces choses-là. Il va tout mettre en œuvre pour que l'héritage de votre frère soit convenablement géré.

— Vous êtes si bonne ! s'exclama Mimosa. Depuis la mort de maman, j'ai souvent été... solitaire... Je n'avais personne à qui parler, personne qui... puisse me conseiller.

— Maintenant, tout va être différent, répliqua lady Barclay. Je veux que vous n'ayez plus d'autre souci que de vous faire aussi belle, sinon plus encore, que votre mère. Et vous allez prendre Londres d'assaut !

Elle émit un petit rire de gorge en ajoutant :

— Je me demandais ce que je ferais de ma personne maintenant que mon mari est virtuellement à la retraite, car, entre nous, son poste au ministère de la Guerre ressemble fort à une sinécure. Et voici que vous donnez un but à mon existence. Vous ne pouvez vous figurer combien je vous en suis reconnaissante.

— Je serais confuse d'abuser de votre amabilité ou de m'imposer, dit Mimosa, qui se souvint soudain d'avoir tenu les mêmes propos au marquis. J'ai l'impression de mal me conduire en acceptant vos générosités. Ces magnifiques toilettes... Mais je ne vois pas... comment je pourrais me les... me les offrir moi-même !

— Ces cadeaux, je les fais moins à vous, ma chère enfant qu'à votre père, répondit lady Barclay. Chaque jour que Dieu fait, je lui rends grâce dans mes prières d'avoir sauvé mon mari bien-aimé, c'est vous dire que les questions matérielles me paraissent insignifiantes.

Elle jeta un coup d'œil à Mimosa avant de poursuivre :

— Mais vous continuez à vous faire du souci ! Laissez donc cela... Et permettez-moi de vous dire, tant pis si je vous parais vaniteuse, que ma fortune me permet de telles dépenses... Ce sont là des babioles pour moi, et je suis trop heureuse d'agir comme je le dois. Je ferais encore bien davantage avec une joie dont vous n'avez pas idée ! Aussi, retrouvez votre sourire, ma chérie, il vous rend encore plus jolie !

Ces paroles rappelèrent à Mimosa celles du marquis : « Allons, souriez, maintenant ! » Apprendrait-il jamais qu'elle et Jimmy avaient eu la chance de rencontrer les Barclay ? Du reste, qu'est-ce que cela lui ferait ?

Cependant qu'elle essayait les toilettes que lady Barclay avait achetées pour elle chez les couturiers les plus en vogue, elle fut frappée par une pensée soudaine : elle qui avait si ardemment désiré une jolie robe, une seule ! dans laquelle le marquis pût l'admirer, voilà qu'elle était en train d'en acquérir des dizaines !

Hélas, pensa-t-elle tristement, il était peu vraisemblable qu'elle le revît jamais...

En regardant son reflet dans le miroir, elle s'aperçut pour la première fois qu'elle avait une ravissante silhouette, et elle fut émerveillée de sa métamorphose.

Ah ! Si le marquis pouvait la voir ainsi vêtue ! songea-t-elle avec une crispation douloureuse de tout son être. Mais cela ne changerait rien, voyons... rien du tout ! Henson ne lui avait-il pas décrit le genre de beautés qui faisaient sa compagnie ordinaire à Londres ? Des femmes beaucoup plus âgées qu'elle, sophistiquées, brillantes et dotées d'un vernis mondain qu'aucune toilette, aussi élégante fût-elle, ne lui donnerait jamais...

« Comment pourrais-je avoir de l'esprit, l'amuser, quand j'ignore ce qui l'intéresse ou ce qui le divertit vraiment ? » se demandait-elle.

Elle sentait avec désespoir qu'à la campagne ou à Londres, où qu'elle fût, elle ne le reverrait jamais. Il était entré dans sa vie pour en sortir sitôt sa mission accomplie : les sauver, son frère et elle... et lui briser le cœur...

Ensuite... Ensuite, il avait été trop heureux, manifestement, de se débarrasser d'eux. Il leur avait à peine laissé le loisir de le remercier, après la mort de Norton Field.

Elle lui avait écrit dès son retour chez elle une petite lettre compassée et ampoulée qu'elle-même jugeait enfantine et, de surcroît, à la relecture, parfaitement ennuyeuse.

Elle l'avait cependant confiée à un valet pour qu'il la porte à Héron, sachant qu'on la ferait suivre à Londres.

Éprouverait-il quelque intérêt en la lisant ? C'était fort improbable. Il la regarderait sans doute en vitesse, négligemment, avant de la jeter dans la corbeille à papier.

« Il est entré dans ma vie comme un météore, pensa-t-elle. Maintenant, il a disparu, et je suis toute seule, exactement comme avant. »

Seule, non. Ce n'était pas tout à fait vrai. Elle avait lady Barclay.

Mais ce n'était pas pareil. Dans son cœur, c'était la voix de basse du marquis qui résonnait, donnant des ordres. C'étaient ses bras protecteurs qui la soutenaient comme au retour vers Héron, après sa délivrance. « Je vous aime ! » chuchotait-elle chaque soir dans l'obscurité de sa chambre.

Alors, sans pouvoir s'en empêcher, elle pleurait jusqu'à ce que le sommeil l'emporte sur le chagrin.

Pendant que Jimmy accompagnait Sir Alexander à Tattersall's, visitait Vauxhall et ses jardins ainsi que la Tour de Londres, ou assistait à une parade militaire à Hyde Park, Mimosa courait les essayages de couturiers.

Ici, elle choisissait des chapeaux chez les

plus élégantes modistes de Bond Street, là s'abîmait en perplexités devant des profusions de gants, de sacs, de chaussures et des myriades d'objets que lady Barclay prétendait être absolument indispensables à une dame de qualité.

— Comment pourrais-je avoir besoin de tant de choses ? demanda-t-elle cent fois.

Lady Barclay se contentait de rire et affirmait que d'ici un mois, Mimosa dirait qu'elle n'avait plus rien à se mettre. Elle insistait également sur la nécessité absolue de faire son entrée dans le monde parfaitement élégante de pied en cap.

— Je vais vous introduire, ma chère enfant, disait-elle d'un ton satisfait, comme si j'étais une magicienne, et j'ai bien l'intention de l'être effectivement. Si vous saviez comme il me tarde de voir la tête de mes amis lorsqu'ils vous découvriront !

— Mais supposez qu'ils... m'ignorent ? Vous seriez... déçue ? murmurait Mimosa.

— Vous ne vous êtes sûrement pas regardée récemment dans votre miroir, répliquait lady Barclay.

Certes, Mimosa ne s'y reconnaissait pas elle-même, mais elle n'en était pas moins inquiète.

Le plus coûteux, le plus recherché des coiffeurs londoniens avait, de concert avec lady Barclay, étudié son visage sous tous les angles avant de décider du style qui serait le plus seyant. Il avait fini par opter pour une simplicité trompeuse qui la mettait merveilleusement en valeur, et Mimosa s'étonnait de n'avoir jamais songé à s'arranger elle-même de la sorte.

— Aucune femme du beau monde ne fera sensation plus que vous, mademoiselle, affirma le coiffeur.

Mimosa ne put réprimer un fou rire à cette perspective saugrenue, mais elle n'en avait pas moins l'impression qu'il parlait avec une sincérité totale. La grande question — lady Barclay ne cessait de le souligner — était désormais le choix du lieu et de la date où Mimosa ferait sa première apparition. Il fallait, disait-elle, que cela fût un événement.

Mimosa comprit que parmi les innombrables invitations qui inondaient maintenant Park Street, lady Barclay voulait en choisir une qui permît à « l'amie qui séjourne en ce moment chez nous » de triompher dès son entrée. Elle et son mari guettaient donc l'occasion idéale.

— Et s'ils ne veulent pas de moi ? s'inquiétait Mimosa.

Lady Barclay se mettait à rire.

— Beaucoup de gens souhaiteront vous avoir dès lors que vous les aurez éblouis. Vous recevrez des centaines d'invitations, indépendamment de celles qu'on adresse à mon mari et moi-même.

Mimosa avait du mal à la croire : les états de service exceptionnels de Sir Alexander en faisaient un homme très recherché. Quant à sa femme, elle était la fille d'un célèbre homme d'État, et on l'admirait autant qu'on la sollicitait.

Mimosa fut très touchée de découvrir qu'ils

avaient délibérément remis les réceptions qu'ils avaient l'intention de donner jusqu'à ce que lady Barclay trouve le moment opportun pour lancer sa protégée dans une société qu'elle avait décidé de frapper de stupeur...

— Il me serait égal de rester dans ma chambre pendant que vous recevriez vos amis à dîner, avait protesté Mimosa. Je serais très heureuse avec un bon livre.

— Vous pourriez l'être, mais moi je ne le serais pas, répliquait lady Barclay. Vous devez, ma très chère enfant, me laisser faire les choses comme je l'entends. En fait, je m'amuse bien plus que je ne pourrais vous le dire. Il se trouve que j'adore courir les boutiques, mais j'ai acheté tellement de toilettes, lors de mon séjour à Paris, que je n'aurai vraiment eu aucune excuse pour faire des emplettes dans Bond Street. Heureusement que vous êtes venue !

Jimmy aussi s'amusait beaucoup. Sir Alexander lui avait choisi un très beau cheval dans ses écuries de Park Street, et ils montaient tous les matins dans le parc.

— C'est moins agréable que de monter au champ de courses de Héron, avoua Jimmy à sa sœur, mais beaucoup mieux que d'avoir à supporter les pauvres vieilles mules de la maison.

— Tout s'arrangera lorsque nous serons de retour, promit Mimosa. Sir Alexander a déjà trouvé deux hommes dont il me dit que chacun pourrait bien avoir les qualités requises d'un régisseur. Tu sais, Jimmy, quelque plaisir que nous ayons à vivre ici, il faudra bien rentrer à la maison.

— Évidemment..., admit Jimmy, mais sans conviction, et Mimosa se surprit à se demander s'il se réadapterait jamais à leur existence monotone.

La voyant soucieuse, lady Barclay lui en demanda la raison.

— Ma chère enfant, dit-elle, acceptez de vous en remettre entièrement à mon mari. Il m'a déjà entretenue longuement d'un précepteur pour Jimmy. Il lui en faut un car, d'après ce que j'ai compris, il n'a eu jusqu'à présent qu'une gouvernante qui vous a quittés, et quelques leçons supplémentaires du vicaire.

— C'est vrai, reconnut Mimosa un peu mal à l'aise, mais je n'aimais pas inquiéter grand-père en lui parlant de questions domestiques. Il était déjà si malade !

— Je comprends parfaitement. Mais Jimmy doit recevoir un enseignement convenable avant d'entrer à Eton, comme votre père. Il est d'accord avec mon mari pour entrer ensuite dans les grenadiers, après un séjour à Oxford.

Mimosa battit des mains :

— J'avais toujours espéré qu'il suivrait les traces de papa.

— C'est ce qu'il désire aussi, et il le fera, dit lady Barclay. Quant à mon mari, il est si heureux d'avoir Jimmy avec lui !

Elle fit une pause avant de poursuivre :

— Nous avons toujours été très tristes de ne pas avoir d'enfant. Alexander, selon moi, s'attache à Jimmy comme au fils qu'il n'a pas eu.

— C'est merveilleux pour Jimmy ! s'exclama Mimosa. Il a tellement besoin d'un père...

— Nous pensons de même, ma chère enfant, dit lady Barclay en souriant. Aussi, cessez de vous tourmenter et ne pensez plus qu'à vous-même !

Mimosa n'osait avouer que penser à elle-même, c'était penser au marquis. Elle s'efforçait d'y penser le moins possible parce que cela la faisait souffrir. Elle essaya de découvrir, sans toutefois poser de questions directes, si les Barclay le connaissaient ; mais ils ne mentionnaient jamais son nom, et elle avait l'impression que les amis du marquis devaient être plus jeunes, plus étourdis que ceux de ses hôtes.

Finalement, un jour, au petit déjeuner, lady Barclay ouvrit sa correspondance et s'écria :

— Enfin ! la voici, l'invitation que j'attendais !

— Quelle invitation ? demanda Sir Alexander à l'autre bout de la table.

— Comme vous savez, chéri, je guettais la réception susceptible de favoriser les débuts de notre Mimosa, de la lancer, si je puis dire, tel un petit navire bien construit, sur l'océan social !

Sir Alexander émit un de ces petits rires brefs dont il était coutumier, mais ne voulut pas interrompre autrement sa femme, qui poursuivit :

— J'espérais tant que les Devonshire donneraient une réception ! Leurs bals sont toujours plus réussis que ceux de quiconque. Mais voici une invitation à ce qui sera certainement le clou de la saison.

— De qui nous vient-elle ? s'enquit Sir Alexander.

— D'Isabella, la marquise de Hertford, répondit sa femme.

— Lady Hertford ! s'exclama-t-il. J'ai cru comprendre qu'elle était devenue fort impopulaire. En fait, désormais quand elle paraît en public, elle se fait huer par les gens !

Lady Barclay hocha la tête.

— C'est exact, mais le prince n'en est que plus déterminé à lui prouver sa loyauté et sa dévotion en donnant à son intention une réception à Carlton House.

Sir Alexander se contenta de hausser les sourcils, et sa femme reprit :

— Ceci est une lettre personnelle que m'envoie Isabella elle-même. Elle se dit très heureuse de notre retour à Londres et nous demande d'assister à la réception que Son Altesse Royale « le cher régent » donne en son honneur.

— Je ne suis pas surpris qu'elle lui en soit reconnaissante, remarqua Sir Alexander, mais cette soirée ne fera qu'aggraver sa propre impopularité.

— Je sais bien, répondit sa femme, mais l'intention n'en est que plus touchante. Du reste, ce sera une réception très élégante, très distinguée, et voilà pourquoi je suis décidée, quitte à irriter Isabella, à faire de notre Mimosa la reine du bal !

— A Carlton House ? demanda Mimosa.

— Et comment ! s'écria lady Barclay. Vous ne pouvez trouver de cadre plus parfait à votre triomphe que les merveilleux trésors qui s'y trouvent, ma chère enfant.

A partir de ce moment, Mimosa vécut dans un vertige constant.

S'il y avait une réception particulière à Carlton House, elle était tout à fait certaine que le marquis, qu'elle savait être un des favoris du prince régent, serait invité. Et comme il était à Londres, il accepterait sans le moindre doute... Elle pourrait donc le revoir !

En véritable amoureuse, ses sentiments alternaient entre l'espoir et le pessimisme, au point que son corps lui donnait l'impression d'être un champ de bataille. Elle était aussi nerveuse qu'une jeune recrue.

« Comment puis-je être assez sotte pour m'inquiéter de ce qui se passera quand il me verra ? » lui disait son bon sens. « Il sera courtois, gracieux, mais je n'en serai pas moins pour lui l'une de ces silhouettes du passé dont il se détourne si facilement. Après m'avoir saluée, il ne se souviendra même plus de mon existence. »

Mais son cœur lui disait :

« Il sera là ! Je le verrai ! Je serai près de lui, je sentirai son magnétisme comme avant, et peut-être que pour la première fois je lirai dans ses yeux l'admiration dont j'ai tant rêvé !... »

Elle était trop fine pour méconnaître qu'il s'agissait là d'un simple rêve ; elle se moquait d'elle-même et des enfantillages qui lui faisaient imaginer que les sentiments d'un homme peuvent dépendre de quelques chiffons.

« Il a pris plaisir à considérer nos ennuis comme une campagne militaire, une bataille qu'il était déterminé à gagner, poursuivait son bon sens, mais à présent, comme dirait Charles, les dragons sont morts, et j'ai perdu tout intérêt aux yeux d'un homme qui a toutes les femmes de Londres à ses pieds. »

Elle entendait encore Henson raconter orgueilleusement les succès de son maître, ajoutant qu'il se lassait si vite de chaque nouveau visage qu'il repartait aussitôt en quête du suivant.

« Suis-je sotte ! Continuer à penser à lui ? » se réprimandait-elle, tout en essayant d'écouter ce que disait lady Barclay.

— Je suis absolument décidée, ma chère enfant, à vous faire faire un brillant mariage. Vous n'aurez d'ailleurs aucun mal, que je m'en mêle ou non !

— Je... je ne veux pas me... marier, bégaya Mimosa, mal à l'aise.

— Mais c'est absurde ! répliqua lady Barclay. Bien sûr que vous voulez vous marier ! Vous n'allez pas passer le restant de votre existence, j'espère, à servir de bonne d'enfants chez votre frère et à vous battre pour remettre de l'ordre dans ses affaires ! A propos, reprit-elle après une pause, Jimmy a dit aujourd'hui quelque chose que mon mari a trouvé très intéressant.

— Quoi donc ? demanda Mimosa.

— Il parlait de vos bois et disait qu'il aimerait tant organiser des chasses quand il serait un peu plus âgé, comme le faisait votre père lorsqu'il était jeune.

— Il en a toujours eu envie ! sourit Mimosa.

— Il a continué à parler des bois et raconté que l'un d'entre eux, dont je ne me rappelle pas le nom, était très vaste, mais que les arbres y poussaient mal en raison du terrain sablonneux.

Mimosa savait pourquoi Jimmy avait mentionné ce bois : c'est là que leurs ravisseurs les avaient séquestrés. Si le marquis ne les y avait pas retrouvés, ils seraient maintenant morts tous deux... Instinctivement, elle tendit sa main vers Hunter qui reposait à ses pieds et, tout en le caressant, elle le remerciait une fois de plus dans le fond de son cœur.

— Savez-vous que le sable est une chose inestimable en ce moment ? demanda lady Barclay.

— Mon Dieu, non ! répondit Mimosa.

— Ma chère, après une aussi longue guerre, des quantités de maisons ont besoin de réparations. De plus, il faudra en construire beaucoup d'autres. C'est dire quel intérêt les constructeurs portent au sable !

Les yeux de Mimosa s'éclairèrent.

— Vous voulez dire que notre sable aurait de la valeur ?

— Mon mari pense qu'il pourrait en avoir, vu la proximité de Londres. S'il n'est pas rare dans les comtés du Sud, la distance et les frais de transport le mettent hors de prix. Tandis que le vôtre...

Mimosa battit des mains :

— Ce serait merveilleux !

— C'est l'une des possibilités que mon mari veut étudier. Quant à moi, je suis sûre qu'il existe d'autres moyens de développer vos domaines et, ce faisant, de fournir à Jimmy les rentes nécessaires à l'accomplissement de ses vœux... c'est-à-dire au moins la possession de vrais chevaux ! fit-elle en riant. Maintenant que voilà réglé l'avenir de Jimmy, nous devons penser au vôtre et vous choisir un bon mari.

— Oh, je vous en prie, je ne désire pas épouser qui que ce soit !

Elle eut conscience que son mensonge l'avait rendue écarlate et pria pour que lady Barclay ne s'en aperçoive pas.

— Vous dites vraiment des bêtises ! s'écria celle-ci. J'ai la ferme intention de vous trouver un mari charmant, délicieux, très riche et, naturellement, d'un rang élevé. Avec votre beauté, il faut qu'il soit au moins duc !

Mimosa se mit à rire.

— Vous visez bien trop haut ! Et je suis sûre que ce duc-là, quel qu'il puisse être, rêve d'une héritière beaucoup plus copieusement dotée et titrée que Mimosa Field !

Lady Barclay soupira légèrement.

— Certes, ma chère enfant, il est triste que vous ne soyez pas une riche héritière, mais quelle injustice, avouez, si en plus de la beauté, vous aviez la fortune !

Mimosa ne répondant rien, lady Barclay reprit avec entrain :

— Allons ! Souvenez-vous des sœurs Gunning qui étaient si pauvres lorsqu'elles sont arrivées à Londres qu'elles ne possédaient qu'une seule robe à elles deux ! Pourtant l'une a épousé le comte de Coventry, et la plus âgée est connue sous le nom de « la double duchesse » pour avoir épousé successivement deux ducs !

— Je n'en veux même pas un seul ! murmura Mimosa.

Mais elle savait que lady Barclay ne l'écoutait pas. Du reste, pour être tout à fait sincère, ce n'est pas d'un duc qu'elle rêvait, elle, mais d'un simple marquis...

D'un marquis, hélas, hors d'atteinte. Et il n'eût pas été plus puéril de formuler le vœu d'épouser l'homme de la lune !

7

En s'habillant pour la réception de Carlton House, Mimosa pensait que lady Barclay devait être encore plus excitée qu'elle-même.

Sa robe était somptueuse. Créée par l'un des couturiers les plus chics de Londres, elle rappelait le clair de lune sur le lac à Héron.

Faite de gaze blanche sur un jupon d'argent qui moulait sa svelte silhouette, elle était ornée de rubans d'argent qui se croisaient sur sa poitrine et retombaient en cascade sur ses épaules, piqués de minuscules brillants qui ressemblaient à la rosée sur les fleurs.

D'autres brillants émaillaient aussi les petits plis de dentelle d'argent qui bordaient son décolleté profond, rehaussant la blancheur de sa peau et lui conférant l'apparence d'une créature éthérée. Elle avait l'air d'une nymphe des eaux.

Lady Barclay lui avait dit, lors des essayages :

— C'est une robe dont j'ai toujours rêvé. Mais elle serait trop jeune pour moi, tandis que sur vous, ma chère enfant...! Personne ne la porterait de façon plus ravissante...

— Vous êtes si bonne ! dit Mimosa. Et moi qui redoute tant que personne ne fasse attention à moi et que vous en soyez déçue.

Lady Barclay ne discuta pas et se contenta de sourire, et Mimosa lui sut gré de son indulgente bonté. Personne ne l'eût plus spontanément aidée, réconfortée et encouragée.

On délibéra longtemps sur la manière dont elle devrait se coiffer. Quand, finalement, sa chevelure fut ramassée en boucles sur sa nuque, lady Barclay remit au coiffeur quatre petites étoiles en diamants que celui-ci disposa avec art de part et d'autre de son visage. Le résultat était éblouissant.

Alors, lady Barclay lui agrafa un fin collier de diamants autour du cou.

— C'est mon cadeau pour vous, Mimosa, dit-elle, ou, si vous préférez, un présent que je fais à votre père pour le remercier d'avoir une fille telle que vous.

Mimosa contempla longuement le collier dans un miroir, et des larmes lui vinrent aux yeux :

— Vous êtes si merveilleuse avec moi ! dit-elle. Je souhaiterais seulement que papa fût ici pour vous remercier.

— Je ne veux pas de remerciements, mais j'exige que vous soyez le clou de cette soirée, répondit lady Barclay. Mais je ne suis pas inquiète ! Ces messieurs me béniront d'avoir introduit une beauté pareille à Carlton House. Quant aux dames, elles auront envie de m'arracher les yeux !

Elle riait, et Mimosa ne put s'empêcher de rire aussi.

Quand elles descendirent retrouver Sir Alexander qui les attendait, paré de décorations et de médailles épinglées sur son habit de soirée, il dit en les voyant apparaître :

— Oh oh ! Tous les hommes de Londres, ce soir, m'envieront d'escorter deux femmes aussi resplendissantes... Tous sans exception !

Lady Barclay était également magnifique. Contrastant avec la robe lunaire de Mimosa, la sienne était d'un parme très pâle assorti à une superbe tiare d'améthystes de Russie entremêlées de diamants. Un collier et des boucles d'oreilles complétaient la parure.

— Vous êtes splendide ! s'écria Mimosa. Mais je me sens embarrassée, parce que, en réalité, c'est moi qui devrais porter du mauve, et non vous.

Ensemble, elles avaient déjà évoqué le deuil de Mimosa, mais lady Barclay avait dit :

— Il serait ridicule de vous présenter dans le monde sous la livrée d'un petit corbeau noir. De toute façon, j'ai toujours détesté le deuil. Je suis sûre que votre grand-père n'aurait pas souhaité que vous soyez en noir à cause de lui.

— C'est vrai, répondit Mimosa. Grand-père me disait souvent : « Je suis très âgé. Quand je mourrai, ne laissez personne porter mon deuil. » Maman l'a porté elle-même très peu de temps, et seulement pour certaines sorties en public.

Voyant lady Barclay un peu étonnée, elle expliqua :

— Maman disait qu'elle savait que papa n'était pas mort, mais qu'il l'attendait simplement au ciel. C'est pourquoi elle pleurait moins sur lui que sur elle-même. Elle désirait tant être avec lui !

Lady Barclay se pencha et l'embrassa.

— C'est la chose la plus sensée que j'aie entendue depuis longtemps. Aussi, chère enfant, laissons jaser les esprits chagrins. Nous n'avons que faire de leurs critiques éventuelles. Des couleurs vives seraient un peu inconvenantes. Mais en blanc, vous êtes ravissante, et c'est parfaitement correct pour une jeune fille.

Dans sa robe blanc et argent d'une coupe et d'un raffinement extraordinaires, Mimosa ne redoutait guère la rivalité d'autres débutantes. Au demeurant, lady Barclay avait affirmé qu'elle n'en rencontrerait pas à Carlton House.

— Comme vous le savez, je présume, expliqua-t-elle, le prince régent a toujours eu un faible pour les femmes plus âgées que lui, ce qui explique son assiduité auprès de la marquise de Hertford pendant de nombreuses années. Malheureusement, l'opinion publique a commencé à se déchaîner contre elle.

Quand ils arrivèrent à Carlton House, l'attention de Mimosa se porta immédiatement sur la beauté des lieux et des collections qu'ils recelaient, bien plus que sur les invités.

Comme elle s'y attendait, partout où son regard se posait, il rencontrait des meubles exquis, pour la plupart d'origine française. Elle restait en admiration devant les peintures, les pendules, les miroirs sculptés, les porcelaines de Sèvres, les tapisseries des Gobelins, et une foule d'autres merveilles inestimables.

Il y avait aussi des bustes en marbre d'une exceptionnelle facture, des bronzes et d'énormes chandeliers d'une splendeur et d'un luxe étonnants.

Ils montèrent lentement l'escalier en haut duquel se trouvaient deux salons contigus. C'est là qu'ils aperçurent leur hôte et, à côté de lui, la dame en l'honneur de qui se donnait la réception.

Le prince régent répondait exactement à l'attente de Mimosa, sauf qu'il était encore plus gros que dans les caricatures...

Cependant, comme il lui souriait alors qu'elle faisait sa révérence, elle sentit immédiatement la force de son charme et comprit que tout ce qu'on disait de lui n'était nullement exagéré.

— Merci, lady Barclay, dit le régent, d'enrichir ma réception d'un ornement si délicieux. Elle est ravissante !

Il tenait encore la main de Mimosa en disant ces mots, et comme elle rougissait du compliment, il répéta :

— Ravissante! Absolument ravissante!

Évidemment, la marquise, extrêmement chaleureuse envers son amie lady Barclay, ne témoigna que froideur à Mimosa.

Isabelle Hertford était une femme très riche, fort élégante et de belle prestance, mais sujette à l'embonpoint. Tout le monde avait été étonné quand elle était devenue la favorite du régent. Elle était déjà grand-mère depuis plus de douze ans, et ceux qui la jalousaient affirmaient qu'elle « faisait son âge ».

On devait à lady Stafford ce commentaire peu amène: « Les dames vieillissantes semblent être au goût de Son Altesse Royale! »

Mais les proches du régent comprenaient que son caractère étrange et même complexe le fît aspirer à un type de relations particulier, à une espèce de sujétion à une femme autoritaire et plus âgée que lui.

Or, son engouement pour lady Hertford ayant commencé en 1806, il n'était pas étonnant qu'à présent, onze ans plus tard, on chuchote parmi les courtisans et les serviteurs réguliers que l'ardeur de son affection s'émoussait un peu.

Ce qui n'empêchait pas le prince, d'une fidélité obsessionnelle envers ceux qu'il aimait, de lutter presque contre lui-même pour prolonger son affection à la femme vieillissante qui avait été tant d'années sa compagne.

Sans en avoir rien dit à Mimosa, lady Barclay, qui avait au cours des semaines passées écouté tout ce qui se chuchotait à propos des charmes déclinants de son amie la marquise,

159

ne parvenait pas à oublier que c'était justement à Carlton House que Mme Fitz-Herbert avait été évincée par Isabella. Et maintenant, il semblait qu'une autre femme d'un certain âge, Elizabeth Conyingham, marquise elle aussi, fût l'astre montant...

Elle n'était naturellement pas présente ce soir-là, mais on avait dit à lady Barclay que le régent avait manifestement jeté son dévolu sur elle, et les ennemis de la marquise de Hertford murmuraient déjà que son règne à elle s'achevait.

Pour l'instant, rien ne le laissait présager. Debout aux côtés du régent, elle effleurait parfois son bras pour attirer son attention sur quelque chose ou quelqu'un.

— Je suis si heureuse de vous voir, très chère Emily, dit-elle à lady Barclay. Nous n'entendions ici parler que de la bravoure et de l'esprit chevaleresque de votre cher mari pendant la guerre, puis de l'aide extraordinaire qu'il a apportée au duc de Wellington pour résoudre tous les problèmes qui menaçaient l'armée d'occupation !

— Vous avez l'art de trouver toujours les compliments qui font plaisir, Isabella, répondit lady Barclay.

Puis, comme on annonçait d'autres invités, ils passèrent dans une autre pièce pour rejoindre leurs places.

Une fois de plus, Mimosa admirait autour d'elle les magnifiques peintures, lorsqu'elle entendit soudain Sir Alexander s'exclamer :

— Héroncourt ! comme il m'est agréable de

vous revoir ! Vous nous avez bien manqué, savez-vous, lorsque vous avez quitté Paris.

— J'étais heureux de rentrer chez moi, répondit le marquis. Pourtant, je vous regrettais. Je me rappelais sans cesse votre habileté et votre diplomatie si utiles pour calmer les jérémiades et la mauvaise humeur de ces maudits Français !

Sir Alexander se mit à rire.

— Vous vous souvenez de ma femme ?

— Naturellement ! s'exclama le marquis. Comment allez-vous, lady Barclay ?

— Je suis moi aussi contente d'être de retour, répondit-elle. Mais laissons cela. J'ai amené avec moi ici ce soir quelqu'un que je brûle de vous présenter.

En disant ces mots, elle posa sa main sur le bras de Mimosa qui regardait fixement un Titien particulièrement remarquable.

Elle avait été incapable de se retourner quand elle avait entendu la voix du marquis : son cœur s'était mis à battre si fort qu'elle avait peur qu'on ne l'entendît.

Maintenant, elle y était bien obligée. Lady Barclay l'attirant à elle, elle obéit docilement et lut aussitôt l'étonnement dans les yeux de Drogo.

— Lady Mimosa Field — le marquis d'Héroncourt ! dit Lady Barclay. Un des plus valeureux officiers qui nous aient permis de vaincre ce monstre de Napoléon !

Mimosa jeta un regard rapide au marquis, puis baissa les yeux en lui faisant une révérence. Le marquis dit alors du ton ironique qu'elle connaissait si bien :

— Lady Mimosa et moi-même nous sommes déjà rencontrés.

Lady Barclay parut surprise :

— Comme c'est étrange ! Je l'ignorais !

Avant que Mimosa pût parler, quelqu'un s'approcha pour saluer lady Barclay, et elle se retrouva seule en face du marquis qui la dévisageait d'un air bizarre.

— Que faites-vous ici ? demanda-t-il d'un ton brusque.

Mais tandis qu'il parlait, ses yeux papillotaient sur sa robe, sur le collier de diamants qui ornait son cou, sur les étoiles de diamants qui brillaient dans ses cheveux.

— Sir Alexander... Barclay était... le général... de mon père.

Très intimidée, elle avait du mal à articuler, et les mots semblaient s'échapper de façon incontrôlée de ses lèvres.

Soudain, elle eut terriblement envie de voir dans ses yeux l'admiration dont elle avait rêvé du temps où elle désirait si fort posséder ne fût-ce qu'une seule jolie robe, afin de lui plaire. Mais ce n'était pas de l'admiration qu'elle y voyait. Au contraire, aussi étrange que cela parût, il avait l'air fâché.

Avant que l'un ou l'autre pût dire quoi que ce soit, Charles Toddington était à leurs côtés.

— Mimosa ! Est-ce vraiment vous ? s'exclama-t-il. J'avais repéré de l'autre bout du salon une femme d'une élégance suprême, et je me demandais comment faire pour lui être présenté, quand soudain j'ai réalisé que je la connaissais ! Vous ici, quelle surprise !

Mimosa ne pouvait que répondre par un sourire à ce compliment. Très consciente de la colère persistante du marquis, elle répliqua :

— De belles plumes font de beaux oiseaux ! Mais je suis toujours la même en dessous !

Charles se mit à rire.

— Je le crois, et même je l'espère ! Ne changez pas, Mimosa. Je vous aime telle que vous êtes vraiment.

— Avec mes airs de rustaude provinciale ? ajouta-t-elle.

Sans le savoir, elle avait utilisé les mots précis que le marquis lui avait appliqués. Un éclair moqueur passa dans les yeux de Charles, qui rétorqua :

— Ce n'est certes pas ainsi que je vous décrirais ! On dirait qu'une fée bien intentionnée vous a donné un coup de baguette magique ! Vous ressemblez maintenant à une princesse de conte !

Mimosa eut un très joli rire.

— J'espère seulement ne pas me métamorphoser à minuit en une gardeuse d'oies en haillons et en loques !

Elle sentit soudain son entrain s'effondrer, car, sans prononcer un mot, le marquis avait fait demi-tour et quitté la pièce.

— Que se... passe-t-il ? demanda-t-elle à Charles dans un souffle. Pourquoi... Sa Seigneurie... est-elle fâchée ?

— Fâchée ? reprit Charles d'un air vague. S'il en est ainsi, je n'en suis pas surpris.

— Comment cela ?

— Drogo est comme un ours en cage depuis que nous sommes revenus de Londres. Tout l'ennuie. Il passe son temps à regretter l'armée.

Mimosa parut soucieuse.

— Vous ne... pensez pas que c'est... quelque chose... que j'aurais pu dire... qui l'aurait contrarié ?

— Pourquoi donc ? Ne vous inquiétez pas à son sujet, Mimosa, il est tout à fait capable de s'occuper de lui-même. Racontez-moi plutôt comment il se fait que vous soyez ici et où se trouve Jimmy.

Mimosa lui fit alors le récit de sa visite à Sir Alexander, et de ce qui l'avait dictée : la recherche d'un régisseur susceptible de s'occuper de la propriété et de sa rentabilité.

— Excellente idée ! approuva Charles. Je suis certain que le général trouvera quelqu'un de son régiment qui fera parfaitement l'affaire.

— C'est ce que j'avais espéré, convint Mimosa, mais ce que je ne savais pas, c'est que mon père lui avait sauvé la vie, et que lady Barclay lui en est si reconnaissante qu'elle a tenu à m'offrir les plus belles toilettes et à m'introduire dans le monde...

— Ah ! je comprends maintenant, dit Charles en souriant, et je suis certain que le monde saura vous apprécier !

Il n'y avait aucun doute là-dessus, car à la fin de la soirée, Mimosa était étourdie par tous les compliments qu'elle avait reçus et désorientée par la façon dont la plupart des hommes s'étaient débrouillés pour lui être présentés.

Quand le souper, trop long mais néanmoins fastueux, fut terminé, il y eut bal dans le salon de musique, et un grand nombre d'invités qui n'avaient pas été conviés au souper arrivèrent. Parmi ceux-ci se trouvaient des jeunes gens qui, furieux de n'avoir pu assister au dîner, n'en étaient que plus désireux de danser avec elle. Bien qu'elle se sentît un peu nerveuse à l'idée qu'elle ne danserait peut-être pas assez bien, tous la rassurèrent par des éloges hyperboliques. La soirée touchait à sa fin, et elle avait l'impression d'avoir dansé avec tous les hommes valides de l'assistance. Tous sauf le marquis. Elle ressentait si intensément sa présence qu'elle en était paralysée, surtout quand elle dansait, et mourait de peur à l'idée de faire un faux pas.

Elle le trouvait plus séduisant que jamais. En effet, c'était la première fois qu'elle voyait toutes ses décorations épinglées sur son habit de soirée, et le ruban bleu de la Jarretière barrant sa poitrine.

Mais elle avait beau regarder fréquemment dans sa direction — elle était même incapable de regarder ailleurs —, elle ne réussit jamais à croiser son regard.

Elle avait l'impression déprimante qu'il l'évitait délibérément et lui signifiait ainsi sa parfaite indifférence à ce qu'elle était, à ce qu'elle faisait.

Tout à coup l'enchantement, la beauté et l'exaltation de Carlton House firent place à un sombre brouillard qui sembla l'envelopper.

Désormais, elle n'avait plus qu'un désir : se retrouver seule pour pleurer tout son soûl comme elle l'avait fait chaque nuit dans l'attente d'un impossible bonheur. « Comment puis-je être assez bête pour l'aimer ? » se répétait-elle. Elle crut alors trouver l'explication de l'attitude du marquis dans la présence à ses côtés d'une très jolie femme qu'elle n'avait pas remarquée jusqu'alors et qui l'entretenait avec animation. Sa manière de le dévisager en minaudant ne proclamait que trop clairement son attirance. Et comme Mimosa ne pouvait réprimer sa curiosité, elle demanda au gentilhomme avec qui elle dansait :

— Qui est cette dame si belle, là-bas, avec un collier d'émeraudes ? Oui... celle qui est assise à côté du marquis d'Héroncourt ?

— C'est lady Isme Churton, la fille du duc de Dorset, répondit son partenaire, après avoir lorgné dans la direction indiquée.

— Elle est bien belle ! dit Mimosa avec un petit sanglot dans la voix.

— J'en conviens, et ce n'est pas d'Héroncourt qui nous contredirait ! Il a l'œil aussi exercé pour détecter une jolie femme qu'un cheval rapide !

Il rit de sa propre plaisanterie, mais Mimosa eut l'impression qu'on lui perçait le cœur. Bien qu'elle sût parfaitement qu'elle ne devait pas poser une pareille question, elle ne put s'empêcher de demander :

— C'est une amie du marquis ?

— C'est une façon de parler. Mais on pourrait employer des termes plus... intimes... qui exprimeraient mieux leurs sentiments réciproques !

Mimosa ferma les yeux, et le rire de son partenaire se perdit dans le brouillard. Elle se sentit sur le point de défaillir et voulut fuir, fuir l'insupportable spectacle de lady Isme regardant le marquis, de ses lèvres rouges étirées en un sourire provocateur plus éloquent que des discours...

Cependant, comme la danse avait pris fin et que son partenaire la conduisait dans le salon chinois contigu à la piste de danse, elle réussit, en faisant un effort surhumain, à se ressaisir.

Mais c'est avec un inexprimable soulagement qu'elle entendit lady Barclay donner le signal du départ.

— Il se fait tard, dit-elle, et notre hôte n'aime pas les soirées qui se prolongent. Voyez, il est déjà un peu nerveux. Manifestement, il lui tarde que ses invités prennent congé.

Le régent ne fit effectivement aucun effort pour les dissuader de partir.

A nouveau, il complimenta Mimosa :

— Il faut que vous reveniez pour être une fois encore la gloire de ces lieux, lady Mimosa.

— J'en serai trop heureuse, sir, répondit Mimosa, car jamais jusqu'à ce jour je n'avais vu de collections si superbes.

Le prince régent fut enchanté. Rien ne le touchait plus que d'entendre vanter les chefs-d'œuvre qu'il avait rassemblés.

— Je vous les montrerai en détail, dit-il avec bienveillance. N'oubliez pas, lady Barclay, de venir déjeuner un de ces jours, afin que je montre à lady Mimosa mes récentes acquisitions. Elles sont exceptionnelles !

— Je suis sûre qu'elles le sont, répondit lady Barclay, et merci de tout cœur, sir, pour votre invitation. Nous nous réjouissons d'avance d'un tel privilège.

Mimosa fit une révérence et, une fois de plus, le régent lui serra la main. Les deux femmes traversèrent alors une enfilade de pièces magnifiques avant d'atteindre l'escalier à double révolution, qui conduisait à un hall splendide orné de colonnes ioniennes en marbre brun de Sienne.

Lorsqu'elle pénétra dans le hall, Mimosa aperçut le marquis. Debout, sa cape de soirée sur les épaules, il semblait attendre sa voiture.

Leurs regards se rencontrèrent, et Mimosa eut un instant l'impression qu'il allait se diriger vers elle et lui parler, chose qu'il n'avait pas faite de toute la soirée.

Mais avant même qu'il pût esquisser un geste, une voix venant du perron annonça :

— La voiture de monsieur le marquis d'Héroncourt !

Le marquis se détourna, franchit rapidement le seuil, et Mimosa sentit son cœur chavirer.

Sur le chemin du retour, lady Barclay ne parla que des succès remportés par Mimosa. Elle répétait tous les compliments qu'on lui avait faits à son propos — non seulement les hommes, mais aussi beaucoup de femmes de ses amies, trop âgées pour se montrer jalouses.

— Il était inévitable, en revanche, que lady Isme vît en vous une rivale susceptible de lui disputer le titre de « reine de beauté » qu'elle a si longtemps détenu, ajouta lady Barclay, non sans malice.

— Elle est... bien belle! murmura Mimosa.

— Et elle le sait! répliqua lady Barclay. Mais je doute fort que tous ses efforts pour séduire le marquis d'Héroncourt suffisent à le faire renoncer au célibat... En tout cas, la lutte sera chaude!

— Voilà un brave! s'exclama le général. Je souhaiterais à tous les jeunes officiers d'être non seulement aussi brillants qu'il l'a été durant la guerre, mais de s'occuper de leurs hommes avec autant d'humanité.

— Quel dommage, soupira lady Barclay, qu'il soit de ces exaspérants jeunes gens qui veulent l'impossible! J'aimerais tant qu'il s'éprenne de notre Mimosa... Malheureusement, il n'y faut même pas songer...

Mimosa retint sa respiration. Elle avait beau penser exactement de même, il lui était douloureux d'entendre lady Barclay le lui confirmer si brutalement.

— Peu importe, poursuivit celle-ci. Une demi-douzaine au moins de soupirants m'ont demandé la permission de venir demain me faire une visite, à moi...! Vous verrez ce que je vous dis... Mimosa n'a d'ores et déjà plus une seconde à elle!

— Tout cela est votre œuvre, dit Mimosa, et je vous en suis très reconnaissante.

Au même moment, tandis qu'elle essayait

d'exprimer un enthousiasme chaleureux, elle eut l'impression qu'une main de glace lui broyait le cœur, et des larmes lui brûlèrent les yeux, prêtes à jaillir.

Lorsqu'elle eut retrouvé l'intimité de sa chambre et que sa servante, après avoir dégrafé sa robe, l'eut laissée seule, Mimosa put enfin laisser libre cours à ses larmes. De toute évidence, son ultime espoir venait de s'évanouir. Elle avait espéré, envers et contre tout, que, parée des ravissantes toilettes choisies par lady Barclay, le hasard, ou un coup de baguette magique, la mettrait en présence du marquis, et qu'alors il reviendrait dans sa vie comme du temps où il luttait pour l'arracher aux griffes de Norton Field.

A présent, elle l'avait revu, mais il lui avait fait comprendre, sans le moindre doute, qu'elle ne l'intéressait pas. « J'appartiens au passé, je ne suis qu'un épisode qu'il a désormais oublié, alors que moi, je ne pourrai jamais, jamais, en perdre le souvenir », se disait-elle.

Elle pensa alors : « Je vais retourner à la campagne. Pourquoi resterais-je à Londres ? »

Elle savait que si elle y restait, lady Barclay mettrait tout en œuvre pour la marier à l'un des jeunes gens qu'elle avait rencontrés ou qu'elle rencontrerait tôt ou tard, maintenant qu'elle était lancée dans la société.

Or elle savait que, même s'ils étaient d'excellents partis, ils auraient beau déployer tous leurs charmes et lui offrir une position sociale enviable, elle n'en aimerait aucun : son cœur était pris pour jamais, il appartenait irrévocablement et sans espoir au marquis.

« Suis-je sotte ! Suis-je sotte ! » se répétait-elle pour la centième fois.

Mais elle avait beau faire, rappeler sans cesse à son cœur que le marquis était une étoile inaccessible, il l'obsédait. Alors, tirant les rideaux, elle ouvrit la fenêtre et plongea son regard dans la nuit.

Le jardin, derrière la maison, était commun aux autres résidents de Park Street. Dans la journée, il avait l'aspect d'un simple carré de verdure.

Il s'y trouvait bien quelques parterres de fleurs, mais il n'eût guère présenté d'intérêt particulier sans deux arbres magnifiques qui lui conféraient une splendeur particulière.

Ce soir-là, pourtant, la lune qui montait vers la voûte étoilée en rehaussait le charme. Sa lumière magique, argentée, rappelait la beauté nacrée du parc de Héron.

Cette parenté imprévue bouleversa la jeune fille. Une nouvelle vague de douleur la submergea. Elle avait donc tout perdu ? Elle se sentit sombrer, se noyer dans le désespoir en regardant la lune.

— Je l'aime ! Je l'aime, dit-elle en regardant la lune. Mon Dieu ! Mon Dieu ! Comment pourrais-je vivre le reste de mes jours quand je sais que j'ai perdu la seule chose qui m'importait au monde ?

Vaine question... Il ne fallait attendre aucune réponse.

Or, tandis qu'elle regardait la face brillante de la lune, retentit un sifflement léger, si léger que Mimosa l'entendit à peine et n'y prêta pas attention.

Hunter, qui se trouvait à sa place habituelle près du lit, attendant pour y bondir que Mimosa fût couchée, se dressa sur ses pattes et s'approcha de la fenêtre. Il posa ses pattes de devant sur l'entablement de la croisée et regarda en bas, dans le jardin, l'œil et l'oreille en alerte.

De nouveau, le sifflement se fit entendre et, cette fois, Mimosa ne put l'ignorer : debout dans l'ombre de l'un des arbres, elle devina une silhouette. Au même moment, Hunter se mit à geindre doucement, comme s'il s'agissait d'un ami. Et grâce à lui Mimosa comprit qui était là, et son cœur ne fit qu'un bond.

Le marquis s'approcha de quelques pas et l'appela d'un geste. Elle voyait sa main baignée de lune, mais pouvait à peine croire que ce fût possible.

Cependant, ne pouvant se méprendre sur ce qu'il réclamait d'elle, elle reconnut là ses manières impérieuses et en fut un peu blessée.

Mais il lui était impossible de ne pas lui obéir, et elle n'hésita pas.

Elle ramassa le négligé que la femme de chambre avait déposé pour elle sur une chaise — un ravissant ensemble acheté par lady Barclay dans Bond Street, qui alliait un satin bleu turquoise à des dentelles de Valenciennes garnies de petits nœuds de velours bleu.

Elle s'en couvrit, glissa ses pieds nus dans des pantoufles de satin de même couleur et, avec beaucoup de précautions, ouvrit la porte de sa chambre.

Le couloir était plongé dans un profond silence. Lady Barclay et Sir Alexander devaient maintenant s'être retirés dans leur chambre qui donnait, elle, à l'autre bout du corridor, sur la façade principale. Sans faire le moindre bruit, Hunter sur ses talons, elle longea le couloir puis descendit l'escalier vers le hall désert.

Elle savait qu'une fois leurs maîtres couchés, les valets de pied se retiraient dans leurs propres chambres au sous-sol.

— Nous n'avons pas de gardiens de nuit, avait expliqué lady Barclay à Mimosa peu de temps après son arrivée à Park Street. Il me semble tout à fait inutile de faire veiller quelqu'un dès lors que nous sommes de retour à la maison. En fait, je déteste voir ces malheureux garçons affligés d'une mauvaise mine et de poches sous les yeux parce qu'on les oblige à faire le pied de grue toute la nuit !

— Je suis sûre qu'ils apprécient votre bonté, avait dit Mimosa. J'ai toujours été peinée de voir les valets de pied à la maison dormir la nuit dans un fauteuil capitonné plutôt que dans un lit. En tout cas, nous avons cessé de le leur imposer dès que grand-père est tombé malade.

Lady Barclay avait souri.

— Il paraît pourtant que cette vieille coutume devrait être maintenue, car entre nous, ma chère enfant, j'ai un mari qui n'aime pas les nouveautés dans son intérieur. Il prétend qu'elles nuisent à la discipline !

Toutes deux avaient ri, mais Mimosa savait

maintenant qu'il n'y aurait pas de valet de pied pour la voir traverser le hall sur la pointe des pieds, puis emprunter le passage conduisant à la porte sur le jardin.

Il lui fut facile de repousser les verrous et de tourner la clef, mais à peine la porte entrebâillée, Hunter jaillit comme une flèche et se rua vers la pelouse où le marquis les attendait, un peu en retrait, à l'ombre de l'arbre.

En quelques secondes, Mimosa l'avait rejoint à travers l'herbe fraîchement coupée. Mais quand elle le vit mieux, resplendissant de ses décorations qui scintillaient sous la lune, un accès soudain de timidité l'empêcha de parler. Elle ne pouvait que le dévisager, les yeux agrandis d'anxiété, et un peu honteuse de n'être vêtue en sa présence que d'une chemise de nuit et d'un négligé. Sa chevelure blonde, libérée de la coiffure élégante qui avait réclamé tant de soins pour la réception de Carlton House, flottait maintenant sur ses épaules.

— Mimosa !

La voix du marquis était basse et profonde.

— Que... faites-vous... ici ? Comment... êtes-vous... entré ?

Le marquis sourit.

— Ce n'est pas sorcier, vous savez ! La tante de Charles habite une des maisons voisines. Il lui a emprunté la clef du jardin.

Mimosa écoutait, mais incapable de penser à rien d'autre qu'à sa présence, là, près d'elle. Et il lui parlait avec sa voix de naguère, sa voix de Héron... !

Sans en être certaine, elle avait l'impression que les yeux de Drogo n'exprimaient plus la colère comme à Carlton House.

Alors, dans son inquiétude, elle ne put s'empêcher de lui demander :

— Pourquoi étiez-vous... fâché contre moi ? Qu'avais-je fait ? Qu'avais-je pu... dire qui vous eût... blessé ?

— Je suis venu pour mieux m'en expliquer, répondit le marquis. Quand je vous ai vue me regarder avec la même expression angoissée que lorsque nous étions ensemble à Héron, j'ai compris que je ne pourrais fermer l'œil tant que je ne vous aurais pas dit pourquoi j'étais furieux de vous trouver à Carlton House.

— Je... J'avais pensé... que vous y seriez, dit Mimosa, et j'avais... si envie de... vous revoir !

— Pourquoi ?

La question semblait abrupte, et il parlait d'une voix plus forte qu'auparavant.

Dans un éclair, Mimosa eut envie de dire la vérité, mais elle pensa aussitôt que si elle le faisait, il la mépriserait. Aussi demeura-t-elle pétrifiée, la gorge nouée, incapable de répondre. Le marquis fit un pas vers elle.

— Je vous ai posé une question, Mimosa. Pourquoi espériez-vous me rencontrer à Carlton House ?

Il y eut une courte pause avant que Mimosa réussisse à articuler :

— Je pensais que comme vous... êtes un ami de Son Altesse Royale... vous seriez... nécessairement présent.

— Et vous avez envie de me revoir ?

— Oui.

— Et moi qui vous croyais chez vous, à la campagne ! Je n'aurais jamais rêvé, ni pensé un seul instant que je vous verrais ce soir.

— Et... quand c'est arrivé, vous étiez fâché ? Pourquoi ? Pourquoi étiez-vous... en colère contre moi ?

Le marquis retint son souffle avant de répondre :

— J'étais furieux contre moi-même ! Je m'étais comporté comme le dernier des imbéciles !

Mimosa leva la tête et la regarda, abasourdie.

— Je... je ne comprends pas...

— J'ai été stupide, dit le marquis avec douceur, d'essayer d'oublier la jeune fille que j'avais laissée derrière moi à la campagne.

— Je... J'espérais que vous... vous souviendriez... de temps à autre... de moi, dit Mimosa humblement.

— Bien sûr que j'ai pensé à vous ! dit le marquis d'une voix brève. Comment aurais-je pu penser à quoi que ce soit d'autre ? Et pourtant, je me disais que je devais être raisonnable.

— Je... je ne comprends pas.

— Ce n'est pas surprenant ! Je ne me comprends pas moi-même... ni ma stupidité !

Tout cela lui semblant totalement incompréhensible, Mimosa se borna à le regarder, mais tout son être bondissait d'une joie secrète et se délectait de sa présence. Elle avait l'impression d'être brusquement rendue à la vie, car depuis qu'elle l'avait quitté, seule une infime partie d'elle-même faisait semblant de vivre, de respirer, de bouger, de parler — et encore, de façon presque automatique. De fait, son cœur et son âme n'avaient jamais quitté le marquis. Sans lui, elle ne pouvait être elle-même. Maintenant, tout semblait plus dense, plus intense : le clair de lune, le parfum des fleurs, la beauté du jardin.

Tout se conjuguait pour la combler d'extase. Elle se sentait tressaillir et palpiter sans cesse, simplement parce qu'il était là, debout devant elle, et qu'elle pouvait le regarder à loisir.

— Comment pouvez-vous être si jolie ? demanda le marquis. Comment ai-je pu penser un seul instant que je pourrais vous oublier ?

— Vous... vous ne vouliez donc plus... me revoir ?

— Bien sûr que je voulais vous revoir ! Je voulais vous voir, je voulais être avec vous, je voulais parler avec vous, Mimosa, et rire comme nous l'avions fait à Héron !

— Mais vous dites que vous avez essayé de... m'oublier !

— Je l'ai voulu — Dieu sait que je l'ai voulu ! dit le marquis. Il m'a fallu toute ma volonté et une discipline de fer pour m'empêcher de retourner à la campagne afin de vous dire que vous me manquiez.

— Moi ? Je... je vous manquais !

On eût dit le cri d'un oiseau accueillant l'aurore.

— Je vous ai... réellement manqué ?

— Votre absence m'a été intolérable, s'écria le marquis. Mais je me disais que vous m'aviez amusé et fasciné simplement parce que vous étiez différente de toutes les personnes que j'avais pu rencontrer auparavant, mais que je n'avais en fait rien de commun avec une jeune fille qui avait passé toute sa vie à la campagne. Je pensais qu'il vous serait impossible de vous adapter à mon style de vie et à mes amis.

— Je puis comprendre... cela, murmura Mimosa. Je me le disais tout le temps... Pour vous, je n'étais qu'une rustaude provinciale... c'est-à-dire ce que je suis véritablement.

Le marquis émit un rire bref.

— Pas à Carlton House ! Pas comme vous étiez ce soir ! Oh, Mimosa, comment avez-vous pu me tromper ainsi ? Comment avez-vous réussi à me faire croire que vous étiez réellement, selon votre expression, une rustaude de province, alors que votre beauté peut rendre fous ses admirateurs ?

L'émotion du marquis bouleversa Mimosa. Elle avait peur de se tromper comme de comprendre. Était-ce un rêve, une folie dont la lune était responsable ? Elle allait se réveiller brutalement... et ce serait affreux !

— Que dites-vous ?

— J'étais en train de vous dire, répondit le marquis d'une voix émue, que je vous aime ! Je vous ai aimée dès le premier moment où je vous ai vue, lorsque vous êtes venue me demander de l'aide, et qu'il m'a été impossible de ne pas répondre à votre appel.

— Vous ? M'aimer, moi... vous ?

Elle avait chuchoté ces mots, comme terrifiée de leur laisser franchir ses lèvres.

— Je vous aime ! répéta le marquis avec

fermeté. Vos yeux pleins d'angoisse m'ont hanté, obsédé jusqu'à m'ôter le sommeil. Je ne désirais qu'une chose, je ne pensais qu'à une chose, et cela ne m'était jamais arrivé, Mimosa ! Je ne pensais qu'à vous prendre dans mes bras, comme je l'avais fait quand je vous ai tirée de cet horrible fourgon à chevaux où vous étiez condamnée à mourir !

Il l'attira tout contre lui et reprit :

— Je savais alors, certes je le savais, que je vous aimais, et que je voulais m'occuper de vous et vous protéger durant toute votre vie. Mais j'avais peur, terriblement peur de commettre une erreur irréparable en vous épousant. Je me répétais que vous n'étiez pas de mon monde et ne pourriez jamais l'être.

Mimosa avait l'impression que le jardin tout entier tourbillonnait autour d'elle et que la clarté de la lune était devenue soudain aveuglante.

Et pourtant, elle doutait encore, elle craignait encore de mal comprendre. Son cœur lui semblait sur le point d'éclater, de bondir hors de sa poitrine. Tout son être lui était comme parcouru d'ondes gigantesques — et cela, simplement parce que les bras du marquis l'enserraient, la pressaient contre lui.

— Je vous aime ! répéta-t-il. Et maintenant, Dieu merci, je puis vous le dire !

Ses lèvres se posèrent sur les siennes et Mimosa crut en cet instant qu'elle était peut-être morte et qu'elle se trouvait au paradis. Il l'aimait donc ! Ce n'était pas vrai, cela ne se pouvait pas !

Mais à sentir la pression de ses bras et la douce insistance de ses lèvres sur les siennes, elle comprit que ses prières avaient enfin été exaucées. La lune était à sa portée bien qu'elle n'eût jamais cru possible de la décrocher.

Le marquis l'avait d'abord embrassée légèrement, comme s'il avait craint de l'effrayer. Puis, enflammé par l'innocence et le velouté de ses lèvres, son baiser se fit progressivement plus exigeant, plus passionné.

En même temps, il avait conscience que ce baiser-là ne ressemblait à aucun de ceux qu'il avait jusqu'alors prodigués.

Lorsque Mimosa avait couru vers lui sur la pelouse et qu'il l'avait vue se mouvoir tel un être plus éthéré qu'humain, sa chevelure dénouée tombant sur ses épaules, il avait su qu'elle était exactement la femme de ses rêves, la femme qu'il avait failli perdre par sa propre faute.

A Héron, pour ne pas succomber, il s'était objecté son extrême jeunesse, son manque d'élégance et sa rusticité provinciale. Il était impensable dans sa position, avec ses obligations à la cour, à Londres et dans le comté, d'avoir à ses côtés une femme dont il aurait honte ! Une femme qu'il aurait à protéger des critiques et des sarcasmes de ceux qui ne comprendraient pas pourquoi elle différait du reste de ses amis.

Oh, sa seule vanité n'était pas en jeu, se disait-il. C'était surtout son sens du devoir, de l'honneur d'un chef de famille, du respect pour les générations futures qui porteraient son nom... !

« Elle est merveilleusement belle, différente, et elle m'intrigue », s'avouait-il pourtant quand il pensait à elle.

Lorsqu'elle avait sangloté sur son épaule après la tentative de viol de Norton Field, sans comprendre exactement ce que le monstre avait voulu faire, Drogo s'était déjà aperçu de son amour pour elle, mais il s'était refusé à l'admettre.

Certes, Mimosa lui plaisait en tant que femme, mais son attirance était bien plus que physique : il y avait en elle quelque chose de si simple et cependant de si spirituel qu'il n'avait pas d'abord évalué pleinement l'effet qu'elle produisait sur lui. En fait, elle réveillait en lui son esprit chevaleresque et tous les rêves idéalistes de sa prime jeunesse.

Plus tard, il en avait ri et s'était dit que tout cela était absurde et ridicule.

Femme après femme, aucune n'avait réussi à lui donner ce qu'il cherchait : un amour différent de la passion tumultueuse que ses maîtresses soulevaient en lui. Alors il avait fini par se convaincre que sa quête n'était qu'un mirage, et que la femme idéale ne pouvait se rencontrer que dans les contes ou dans les rêves.

Et pourtant, quand Mimosa avait quitté Héron dans sa calèche, il avait senti, toujours sans vouloir l'admettre, qu'il perdait là un véritable trésor, un être qu'il ne comprenait pas totalement et qu'il ne retrouverait peut-être jamais.

Quand il fut de retour à Londres, les femmes qu'il y rencontra l'irritèrent encore plus qu'avant.

Il ne mentait pas quand il disait à Mimosa que ses yeux le hantaient, qu'il les avait vus partout où son propre regard se posait.

Il voyait cette expression angoissée, effrayée, qui la rendait si incroyablement belle, et pourtant il se la décrivait en même temps comme une enfant mal vêtue, négligée, ignorante de tout ce qu'il estimait être essentiel à sa future femme. Mais dès qu'il la vit à Carlton House, il prit conscience de sa propre stupidité, comme si elle lui était apparue en lettres de feu.

Il était resté médusé par sa beauté qui dépassait de loin celle de toutes les autres femmes présentes. Et il admirait l'élégance inouïe de son allure. En fait, elle était entièrement différente des jeunes filles qu'il avait jamais vues ou imaginées.

C'est alors qu'une colère soudaine s'était emparée de lui : lui qui s'enorgueillissait de son intuition et de sa capacité à percevoir sous les apparences la nature profonde des êtres, il s'était conduit en aveugle.

Dans sa fureur, il s'était dit qu'il ne pourrait parler à Mimosa ni l'approcher tant qu'elle serait à Carlton House, qu'il devait la voir seule, encore qu'il ne sût comment procéder.

Ayant alors fait faire demi-tour à sa voiture, il était revenu à Carlton House, où il avait trouvé Charles qui n'était pas encore parti, malgré l'irritation croissante du régent, qui avait même ordonné à l'orchestre de cesser de jouer. Charles avait aussitôt compris.

— Il faut que je la voie ce soir, avait dit le marquis d'un ton désespéré.

— Vous pouvez difficilement lui faire une visite ! Ils sont probablement tous couchés ! avait fait remarquer Charles.

— Que faire alors ?

Charles avait souri.

— Pour une fois, j'ai une réponse à votre problème ! avait-il dit.

Ils étaient partis ensemble vers Park Street et là, Charles avait remis à son ami la clef du portail du jardin de sa tante. A présent que le marquis tenait Mimosa serrée dans ses bras, il se demandait comment il avait pu être stupide au point de s'imaginer que, éperdument épris de deux yeux pleins d'angoisse, il pourrait jamais fuir leur sortilège.

Sentant le corps de Mimosa tressaillir contre le sien, et ses lèvres répondre fort timidement à ses baisers, il s'aperçut qu'elle lui procurait des sensations inconnues, des sensations dont il n'avait même pas soupçonné l'existence.

Elle était si parfaite, si différente de ce à quoi il s'attendait ! Il ne pouvait que l'embrasser, l'embrasser encore et encore. Il avait l'impression que tous deux, désincarnés, avaient presque cessé d'être de simples mortels. Ils flottaient au-dessus de la terre, enveloppés d'une lumière divine qui venait d'en haut, mais irradiait aussi de leur propre corps.

Le marquis releva la tête.

— Je vous aime ! Ma chérie, comme je vous aime !

— Il me semble que je suis morte... A présent je suis au... ciel ! murmura Mimosa.

— Vous êtes vivante, tout à fait vivante, dit

le marquis, et, cette fois, je ne vous laisserai plus vous éloigner. Je le jure !

— Vous m'aimez donc... réellement ?

— Je vous aime au point de manquer de mots ! Rien ne pourrait exprimer l'ampleur de mon amour.

— Dites-le-moi... je vous en prie... redites-le-moi... j'ai été si malheureuse, si indiciblement malheureuse ! Je pensais que vous... m'aviez chassée... pour toujours de vos pensées... à cause de toutes ces femmes... si belles !... dans votre... vie.

— Je n'ai pu penser à personne d'autre qu'à vous, depuis que je vous ai vue pour la première fois, répondit le marquis. Et je me trouve ridicule de n'avoir pas compris, d'avoir pu penser...

Il s'arrêta.

— Que je n'étais pas la personne qui... vous convenait ? termina Mimosa.

— Oui. Je le pensais, mais comme je me trompais ! Vous êtes la seule personne qui me convienne. Vous m'appartenez comme une partie de moi-même. Vous m'étiez destinée depuis toujours, comme moi à vous.

Mimosa poussa un faible cri.

— Comment pouvez-vous dire des choses aussi merveilleuses ? Mais supposez que lorsque vous me connaîtrez mieux vous soyez... déçu ?

— Je ne pourrai jamais être déçu par vous ! affirma le marquis. Ma chérie, je vais m'occuper de vous, vous protéger, et je ne vous permettrai plus jamais d'avoir cet air effrayé.

Il la sentit se rapprocher encore un peu de lui et dit doucement :

— Vous êtes mienne, mon joyau précieux ! Dites-moi que vous consentez à m'épouser.

— Vous me... le demandez réellement ?

— Pas vraiment, rétorqua le marquis. En fait, je n'ai aucune intention de vous permettre de refuser. Vous êtes mienne, Mimosa, mienne, parce que je me suis battu pour vous et que je vous ai sauvée, et que déjà vous m'appartenez.

— C'est ce que... je ressens, dit Mimosa, mais je n'avais jamais pensé que vous le ressentiriez aussi. Et je savais... parce que je vous aime... qu'il me serait impossible d'épouser quelqu'un d'autre.

Les bras du marquis se resserrèrent autour d'elle.

— Comment pouvez-vous même envisager cette éventualité ? Vous êtes mienne ! Mienne ! Je tuerais quiconque essaierait de vous enlever à moi !

En prononçant ces mots, il pensa soudain à Norton Field : ce monstre avait bien failli réussir. Mais il ne voulait pas que Mimosa se rappelât de tels souvenirs. Aussi continua-t-il à l'embrasser, avec une passion croissante, exigeante, de sorte qu'elle ne puisse plus songer à rien d'autre qu'à lui.

Puis, ses baisers devenant de plus en plus délicats, de plus en plus tendres, il pensa que la chose la plus exaltante qu'il eût jamais faite dans sa vie serait de s'occuper de Mimosa, de lui enseigner l'amour et de s'assurer qu'elle ne serait jamais ni effrayée ni choquée.

— Je... vous... aime !

Les mots sortaient du plus profond du cœur de Mimosa, et le marquis vit ses yeux levés sur lui.

Son visage était si radieux que sa beauté paraissait aveuglante, et le marquis lisait dans ses yeux un bonheur indescriptible.

— Vous n'avez pas répondu à ma question, dit-il. Voulez-vous m'épouser ?

— Oui, murmura-t-elle.

— Quand ?

— Tout de suite... s'il vous plaît... très... très vite. Alors... nous pourrons retourner à la... campagne ?

En prononçant ces mots, elle pensa qu'elle commettait une erreur. Aussi corrigea-t-elle en toute hâte :

— Seulement si... vous le voulez. Ce serait merveilleux... d'être avec vous n'importe où... mais je sens que je pourrais... vous perdre à Londres.

— Vous ne me perdrez jamais ni à Londres ni ailleurs, déclara le marquis. Mais je suis de votre avis, Mimosa, nous serons plus heureux à la campagne où nous pourrons être seuls et nous parler, et je vous enseignerai, mon aimée, les mystères de l'amour !

Il comprit, au frisson de volupté qui parcourut la jeune fille, que c'était précisément ce qu'elle voulait.

Alors, riant de bonheur, il s'exclama :

— Mon aimée, vous êtes si parfaite !

— Vous ne pensiez pas cela quand vous m'avez vue la dernière fois ! dit Mimosa. Oh, je sais, j'étais si peu élégante. Mais j'essaierai d'être comme j'étais ce soir, pour que vous soyez... fier de moi.

Elle hésita, avant d'ajouter :

— Est-il bien vrai que ce soir, mon apparence était comme vous... le souhaitiez ? Je me suis donné tant de... mal pour être exactement à votre... à votre goût !

Le marquis mit sa joue contre la sienne.

— Mon amour, dit-il, je préfère vous voir telle que vous êtes en ce moment ! Mais je comprends ce que vous voulez dire. Si vous saviez comme j'étais fier de la façon dont vous brilliez, si ravissante, si parfaitement belle et en même temps si élégante que toutes les autres femmes semblaient ternes et vulgaires par comparaison.

— Vous... le pensez vraiment ?

— Si je mentais, vous le sauriez, non ? dit le marquis. Je vous en fais pourtant le serment, tous les compliments que vous avez reçus n'étaient pas le quart de ce que je veux vous dire et de ce que vous m'inspirez.

Mimosa retint son souffle et dit :

— Voilà ce que je désire... Désormais, j'essaierai toujours d'être élégante... et à la mode pour vous... juste pour vous... pour que vous puissiez me regarder avec... admiration.

— Je le ferai de toute façon, dit le marquis, mais quand vous porterez ce que vous portez en ce moment, je ferai mieux, je vous regarderai avec amour.

Il eut un rire bref :

— Quand je pense au nombre de fois où je vous aurai vue à peine vêtue d'une chemise de nuit ! Ce que les gens seraient surpris et choqués s'ils le savaient !

— Nous devons faire en sorte... qu'ils ne... l'apprennent... jamais, dit Mimosa un peu nerveusement.

— Évidemment, convint le marquis, mais moi, c'est comme cela que je veux vous voir, chérie. Vous êtes si attirante dans cette tenue. C'est merveilleux de vous sentir tout contre moi !

— C'est vraiment... merveilleux, approuva doucement Mimosa, mais moi, je trouve vos... décorations plutôt... cruelles !

En disant ces mots, elle posa la main sur son buste à l'endroit qu'avait meurtri l'étoile en diamants que le marquis portait sur sa poitrine.

Écartant les bras, il s'éloigna d'elle et, pendant un instant, elle crut l'avoir irrité par sa réflexion. Mais il se contenta d'enlever sa jaquette de soirée et de la jeter par terre.

Il reprit alors la jeune fille dans ses bras, de sorte qu'elle pouvait sentir les battements de son cœur à travers la fine batiste de sa chemise.

— Est-ce mieux ainsi ?

— Beaucoup, beaucoup mieux, répondit Mimosa, maintenant je puis sentir la force de votre amour !

— Je vous la confirmerai aussitôt que nous serons mariés.

Il l'attira encore plus contre lui et dit :

— Je viens à peine de me souvenir que vous êtes en deuil. Cela nous donnera une excuse parfaite pour nous marier rapidement et discrètement, dès que j'aurai pu obtenir une dérogation.

Il sentit que, dans son émotion, Mimosa retenait sa respiration, mais elle ne dit rien et il poursuivit :

— Cela vous sera égal, mon trésor, de ne pas avoir un grand mariage, de vous passer des demoiselles d'honneur et de la présence du prince régent ?

— Tout ce que je veux, c'est me retrouver seule avec vous, dit Mimosa, et que Dieu nous bénisse... pour que nous soyons... ensuite... heureux... toujours.

— Nous le serons.

— Je crains que lady Barclay ne soit déçue, car elle était bien décidée à me dénicher un mari ! Elle pense déjà aux préparatifs de mon mariage. Mais cela importe peu, n'est-ce pas ?

— Moins encore ! s'esclaffa le marquis. La seule chose importante est que nous nous aimons, vous et moi. J'ai comme l'impression d'avoir gravi jusqu'au sommet une très haute montagne afin de vous trouver, et maintenant que je l'ai fait, je jure de ne jamais, jamais vous perdre.

Il l'embrassa de nouveau longuement, et ses lents baisers passionnés lui firent chavirer l'âme et le cœur. Elle l'aimait et savait à présent qu'il l'aimait pareillement.

Ensemble, ils avaient trouvé ce paradis qu'elle avait toujours su être à portée de main, malgré les apparences.

— Je vous aime ! répéta le marquis.
Autour d'eux, dans le silence, ne retentissait plus que la musique de la lune et de la passion. Et leurs deux corps n'en faisaient plus qu'un, pour l'éternité.

Barbara Cartland

Retrouvez les autres romans de la collection en magasin :

Le 3 février :
Voyage en amoureux (n° 7866)

Et un titre « Collect'or » incontournable de la reine du roman sentimental :

Le 3 février :
Le contrebandier de l'amour (n° 783)

Nouveau ! 2 rendez-vous mensuels aux alentours du 1ᵉʳ et du 15 de chaque mois.

2689

Achevé d'imprimer en France (Manchecourt)
par Maury-Eurolivres
le 17 janvier 2006.
Dépôt légal janvier 2006. ISBN 2-290-35075-3

Éditions J'ai lu
87, quai Panhard-et-Levassor, 75013 Paris
Diffusion France et étranger : Flammarion